青年抄

[日]池田大作 ◎ 著

刘建强 ◎ 译

陕西师范大学出版总社

图书代号　　WX18N1473

Copyright © 2018 Soka Gakkai
陕版出图字：25-2018-205

图书在版编目（CIP）数据

青年抄／（日）池田大作著；刘建强译. —西安：
陕西师范大学出版总社有限公司，2018.10
ISBN 978-7-5695-0270-1

Ⅰ.①青… Ⅱ.①池… ②刘… Ⅲ.①散文集—
日本—现代 ②诗集—日本—现代 Ⅳ.①I313.15

中国版本图书馆CIP数据核字（2018）第230951号

青年抄 QINGNIAN CHAO

[日]池田大作　著　　刘建强　译

责任编辑／王文翠
责任校对／梁　菲
装帧设计／❶锦册
出版发行／陕西师范大学出版总社
　　　　（西安市长安南路199号　邮编710062）
印　　刷／陕西龙山海天艺术印务有限公司
开　　本／787mm×1092mm　1/32
印　　张／6
字　　数／75千
版　　次／2018年10月第1版
印　　次／2018年10月第1次印刷
书　　号／ISBN 978-7-5695-0270-1
定　　价／45.00元

读者购书、书店添货或发现印刷装订问题，请与本公司营销部联系、调换。
电话：（029）85307864　85303635　传真：（029）85303879

池田大作香峯子研究中心成立八周年纪念

前　　言

对于我来说，和青年人交谈时才更能感到心潮澎湃。因为从与青年们的交谈中，能够感受到未来充满希望。

青年人，仅就是青年这一点，便远胜于任何帝王和任何大富豪，他们自信豪迈，是辉煌灿烂的青春舞台上的明星。他们的人生大幕正在开启，时刻关注他们每个人富有创见性的开拓和充满荣光的前程，并为之大声呼喊加油，是何等的快乐！

英姿飒爽一跃登上21世纪世界舞台的青年人，我想向你们介绍一位享誉20世纪的喜剧王——查理·卓别林（Charlie Chaplin，1889—1977）。

一缕鲶鱼胡子，一支拐杖和一顶圆礼帽，卓别林就是这样一位以眼泪和欢笑风靡全世界的电影人。

那些让人们感动不已的无数名作，时至今日，其魅力丝毫未减，光彩依旧。

第二次世界大战中，在电影中辛辣地嘲讽"大独裁者"，为我们揭露了谎言家本性的卓别林，是何等的勇敢！

可就是这样一位卓别林，幼年时家庭处在贫困的底层，也不免缺乏自信。有一天，从他的嘴里突然冒出了个"死"字。

但是，母亲对他说："一定要活下去！一定要走完你自己的人生！"

也就是这一句话，决定了此后卓别林从不言败的人生。

他憧憬人们能体面而自由生活的世界，并为之勇敢地，坚持不懈地进行斗争。而且，他也一直向这颗星球上的青年人送去激励的声音："你们也拥有与那让宇宙、地球运转，滋养草木生长之力同样的力量！"（电影《舞台生涯》）

前些日子，收到了这位喜剧王的孙女——女演员奇拉·卓别林（Kiera Chaplin，1982—　）的来信。看到她继承祖父大人优秀的仁爱之心和创新精神，全身心地活跃在自己的事业中，我由衷地为之感动。

那封信上写到，2014年正好是卓别林以"流浪者"的形象出现在银幕上的一百周年。

回想当年，当被问到"您的最高杰作是什么"时，卓别林回答："next one（下一个作品）！"

下一个，将更好！一定奉献最好的！明天，一定会更好!

　　我期待着，你们青年人，21世纪的明星们，同样以这样的精神，创造出最高水准的优秀作品!

　　2012年9月，我与从遥远的非洲十多个国家来到日本的十七位青年相遇，这成为我一生难忘的历史记忆。他们中很多人都饱受国家被撕裂、民众陷入对立纷争的残酷内战的苦难，可是，出现在我眼前的这些青年人，他们个个目光清澈而明亮，热情而生气勃勃。

　　这些年轻的朋友，他们返回各自祖国后，开始了新的挑战。

　　听听他们的声音:

　　"我们要重新温暖人们已经变冷的心，平抑人们争斗的心，治愈人们受伤的心灵!"

　　"批判、哀叹现实，不如行动起来推进变革!"

　　"没有希望，我们就创造希望!"

　　会面的一年之后，青年们向我赠诗一首，表达了他们期盼和平之春的决心:

　　　　冬日漫漫，冬日酷寒。

　　　　昔日相约，我岂能忘怀。

　　　　如今春天来了，孕育希望的花蕾正在绽放。

非洲大地上，无数纯洁无邪的莲花，

在贫困、疫病、战争、仇恨以及悲伤的泥沼中

顽强绽放的时刻终于到来！

历史上饱受欺凌，暗云笼罩的非洲大陆上，新青年们宛如一轮喷薄而出的旭日正在冉冉升起，一幅洋溢着胜利微笑的青春画卷正在徐徐展开。

无论谁人，前进征途上都会遇到障碍，但是绝对没有青年人跨越不了的障碍。

这是我们自己的人生连续剧，主角必然是我们自己。一切由我们自己选择确定。即便觉得"不擅长"，但是此刻，全身心投入本身就是"才能"。

面对严酷的"命运"，不害怕，不畏缩，就能够将其改变为"使命"。通过自己决不言败的奋斗经历，为苦难忧伤中的人们送去勇气。只要具有这样的决心，必将发挥超乎寻常的能力。

不论过程如何，只要最后能够堂堂正正，完美地取得胜绩，那就是值得庆贺的胜利喜剧。

我们看到，在应对东日本大地震[1]这样空前严峻的危难时

---

[1] 东日本大地震：发生于2011年3月11日，震中位于日本本州岛宫城县以东太平洋海域的大地震，亦称3·11日本地震。此次地震引发巨大海啸并造成福岛第一核电站核泄漏。——译者注

4

刻，人与人之间相互信赖的纽带弥足珍贵，对它的渴求从来没有像今天这样迫切。

让我们开始吧！携起手来，共同描绘充满希望的美好传奇！

这本书里如果能有使得今日及未来的舞台上不断奋进的诸位心灵有所感悟的话语，那就是我莫大的欢喜。

值此出版发行之际，向赐予厚爱的德间书店所有相关人员，表示衷心感谢！

目 录

I 赠言
青年的特权

II 赠言
真正的自己

Ⅲ 赠言

追逐梦想

IV
我之所见
对未来的建言

V 我的青年时代

引自《我的履历书》

I

赠言

青年的特权

青年的特权

"年轻"之美好无与伦比

即便没有金钱

即便一无所有

只要年轻

就等同于拥有至高无上的财富

青春　充满无限的创造力

"为什么"而学习，"为什么"而辛劳，"为什么"而活着……

这样的发问，在思考自己未来的梦时，可以说非常必要。但梦如果仅仅局限于为了自己的话，那就只是自私和任性，结局难免会毫无意义。

"为了民众""为了父母""为了社会""为了正义""为了和平"，只有在这条主线上构筑起来的梦，才是真正伟大的梦。

我的恩师一直教导我："青年人的最高修行就是遵守约定。"

将信念贯穿始终。绝对守信于与朋友的约定以及与自己的约定。承诺了的事情必须努力兑现 —— 作为人应遵循的"信条"，能使你成为人生舞台上大有作为的人。

任何人

在这世上

都有一个

需要完成的崇高使命

这世上

不存在

没有使命的人

学习的快乐

学习愈深入

梦想愈远大

有了能力

就能够帮助更多的人

就能够让人笑颜永驻

就能够给人欢乐和幸福

读书学习是青年人最崇高的权利。自己努力向上，让心灵更加坚强。

只要拥有坚强的心灵，不论面对怎样严酷的现实都能够傲然屹立而不会被摧毁，也能够让自己朝着新的理想的世界展翅腾飞。这一力量来自读书，基于勤奋学习。

首先应考虑开始做些什么，努力尝试着做些事情。

可以说，养成"不逃避的习惯""努力的习惯"也是学习的目的。具有了"学习习惯"的人，任何事情都能够有所成就。

懂得"读书的真髓"的人和不懂得"读书的真髓"的人，在人生的厚度及格局上大为迥异。

每个人的人生只有一次，但是通过读书，可以领略成百上千的他人的人生，也能够与两千年前的贤士对话交流。

哪怕仅仅是一句话，也具有改变人生的力量；哪怕只是一本书，也拥有推动时代进步的力量。心受鼓舞，生命绽放，能够遇到这类好书的人，一定很幸福。

为什么而学习？这个宏大目的其中之一，是为了掌握能够为生活在严酷环境中无法实现学习愿望的人们服务的本领。大学的意义也恰恰在于为了上不了大学的人们而尽力。

学习是快乐的

知识的探索发现

是人生的乐趣

才能的萌芽

在"乐趣"的滋育下长成

赠予心灵美的女性

人生真正的美好

应当是"生命"本身的精彩动人

追逐宏大的理想

为之真切投入生命

才会在世间辉映出最绚丽的美景

在日常生活中，无论是把屋子打扫得干干净净，抑或在房间里装饰一束鲜花，都是一种令人钦佩的对"美"的追求。而且，积极努力上进，使自己身心更美，也是一种不同凡响的"美的价值"的创造。

"让大家快乐起来""给大家带来希望"这种天使般心灵的跃动和交融，会让美的世界自然而然地在自己的周围如涟漪般扩展开来，传播下去。

肤浅的虚荣和装扮里，不会有真正的美。不装腔作势，不矫揉造作，实实在在、精神饱满地，为了民众，为了社会，为了未来，淳朴、灵动而又充满活力地践行崇高使命的人生，是多么美好的生命画卷。既不是为了学历职称，也不是为了头衔地位，能够让自己拥有正确且深邃人生的"美丽的心灵"，才是最宝贵的财富。

决不能成为追求和羡慕奢华生活环境及表象的浅薄女性。有的人之所以在表面的华丽前会迷失自我，是因为"自我"尚不具有牢固的定力。没有"哲学"，缺乏"信念"，便不会有人生的"坐标"。自己的人生最终只能随波逐流，如秋叶飘零。

女性步入社会，是历史的必然。为了人类的幸福

和世界的和平，女性的智慧和慈爱更是必不可少，女性发挥领导作用理所当然，充满正义。

最重要的是，女性自身应当意识到自己拥有的伟大力量，并且在社会上持续发挥下去。

决不能

被自己柔弱的心禁锢

和平　诞生于纯洁的心灵

珍爱生命

朋友的欢乐就是自己的欢乐

女性美丽的心灵里

蕴藏着真正的和平

追求一流

仅仅这些

只不过是一时的幻影

作为一个人

怎样做事为人

只有关注这里

才能活出一流的人生

接触一流的事物，是自己成为一流的第一步，也是向更高层次学习进取之心腾飞的关键。

青年人要积极果敢地接触一流的世界。"请赐教！""请允许我拜您为师！"—— 这种追求学识的姿态会赢得理想的人生。

未曾经历辛劳坎坷便出人头地的青年是不幸的。因为他尚未弄懂人生的真谛。只有经过一定的磨砺，才能成长为真正的人才。由此，当身处不如意时便不会自暴自弃，在遇到困难时也能够坚强振作、尽力拼争，这样，新的道路必定会开辟。

世上绝没有平坦的道路。目标越是远大，自然越要面临更加苦难的征程。能够坚持走完艰难征途的人，才是一流的人。

读懂"一本书"，掌握"一门技艺"，不单单是通晓这一领域，而且还是为你启迪包括人生所有领域的广阔世界或者具有普遍意义的智慧。在某一领域辛勤探索的一流人物，必然会闪耀出他智慧的光芒，故而谦虚并具有人格的光辉。这是我从自己和国内外诸多知名人士交往的经验中得出的结论。

与伟大人物接触，这是更能够促使青年人成长的最佳方式。

　　伟大的人物，可以说他们是体现人类伟大可能性的"活着的榜样"，而且能够激发出"我也想成为那样的人！"的欲望，也能够使灵魂得到强烈的触动和感化。因此，与伟大人物接触，胜过读书万卷，是促使人成长的一种动力。

健康的生活

"健康"而精力充沛

你便会

心情愉悦

精神抖擞

充满活力

身体健康的同时

"心灵健康"也同样珍贵

　　总是生气勃勃、清新洒脱，而且以健康的体魄成长进步的人，一定也能够给自己身边带去清新爽朗的氛围。

　　无论何种工作，若没有健康的身体，自然无法胜任。

　　为了自己，为了家人，为了实现自己的使命，一定要健康，每天都要保持纯真乐观的情绪。

　　有时会疲惫不堪，偶尔也会身体不适，心情烦闷。把今天做不完的事情托付给明天精力充沛的自己吧！能够休息的时候，就要充分地休息。人生路漫漫，不必焦虑，要善于放弃没有价值的行为。

　　我自幼体弱多病，医生曾说过我活不过三十岁。可是，正因为如此，我就以"从现在起，珍惜分分秒秒，充实地过好每一天！""活着，就要为后人创造出有价值的东西！"的意志，努力活到了今天。

　　谁都会生病，重要的是"不向病魔低头"。只要拥有"坚强的意志"和"不服输的勇气"，就能够走出困境，迎来转机。

　　漫长人生，其间会有生病卧床的时候，也会有迷茫、不如意等接踵而来的时候。即便如此，也不能退缩，一定要以"春天已经不远了"这样的自信继续前行，一步接着一步走下去。这坚实而又不屈的步伐下走出的，不正是"幸福的道路"吗?

"智慧"很重要

因为自己的身体

只有自己知晓

以自己的方式努力

过上满意的生活

也体现了智慧

『霸凌』的根源

"霸凌"的一方

百分之百是恶行

"被霸凌"的一方

不应当受质疑

要从"霸凌"的一方

找原因

欺凌他人的人，是"强者"吗？并不是！

他们的心灵难道不是最弱、最丑陋的吗？他们难道不正是被自己的丑恶心灵奴役的"弱者"吗？切勿忘记，"霸凌"的根源恰恰就在于误以为这样的强暴者是"强者"。

如果你觉得"人生，哼，真无趣！"说不定你已经变成了一个"无趣的人"。如果你感到"每一天都毫无意义"，说不定你自己的状态已经是"空荡荡的心"。

对于心中有"梦想"在燃烧的"有趣的人"来说，人生一定是其乐无穷。

寂寞无聊时，决不能以"霸凌"填补心中的"无聊乏味"。寂寞无聊时，需要寻找真正的朋友。"寂寞无聊"可以说是"人之特征"，决不能用霸凌行为来伤害这种"正常的人之心"。

经历过比别人更多磨难的人

会成为比别人更能理解人心的人

只有这样的人

才堪当大任

赠言

真正的自己

何为幸福

幸福

不是来自别人赠予

是自己选择决定

由此成就

由此而获取

人，皆为追求幸福而生，皆为赢得胜利而生，皆为造福于人而生。如何破解总是妨碍上述目的实现的宿命般的苦恼？芸芸众生面临的挑战恰恰隐匿在这里。

无论身处何等悲凉的底层，也一定要积极向上、挺身抗争，无论面临何等绝望的黑暗，也一定要打破枷锁、争取光明。真正的信仰，能够为我们照亮这获取终极幸福胜利的途径。

所谓"幸福"即"充实"。人，只有不限于自身，也为其他众多的人谋求幸福时，才能获得更有深厚内涵的充实。

这种谋求"彼此共同幸福"的生活方式，不正是实现现代社会所希冀的"共生的社会"的正确路径吗？

所谓"为他人着想"，也就是"从对方的处境考虑"，即考虑问题时应当关切到他人的境况，也就是播撒慈爱之心。

越能够广泛地为他人着想，我们的心就会随之愈发宽广。慈爱之心越宽广，也就会获得更多的幸福。

幸福，你追求得越紧，她有可能消失得无影无踪。而且，幸福走向极端之后的反面，有可能就是地狱般的不幸。

　　总之，真正的幸福植根于实实在在的人生。一位哲学家曾这样描述："炫耀虚荣性的东西等同于精神耗损"。只有在朴实无华、日复一日，遵循正确法则生活的人生意义中，幸福感才会充盈起来。如果具有了这样正确的人生观，就一定能够跨越人生中所有的坎坷不幸。

真正"幸福"的人

是能够为大家谋"幸福"的人

感恩之心

美哉　感恩之心

珍重与自己有缘的人

有这样一种心灵之底蕴

会赢得美满精彩的人生

感谢的话语，能够增进信赖，加深友谊。

对人，能说多少"谢谢"，能怎样表达感激之情，这实际上可以体现出人的性情。

感恩之心弥足珍贵。若有感恩之心，觉得很感激时，喜悦似泉涌。心生喜悦，勇气也随之而增，也会产生要报答对方、为之努力的心情。有感恩之心的人自然很幸福。

知恩图报的人生必然稳固旺盛。但如果成为那种努力读书好不容易有了些学问，却只知道以高学历自居而不懂他人的情感心思的人，一切便失去了意义。人生中，比任何都重要的是，必须修得一颗"感恩之心"。

有感恩之心的人，不会受挫停滞，无论做什么，都一定能发展长进。

深知养育自己的父母的辛劳，并能从心底表示感谢的人是了不起的人。只要有"孝敬父母"的心，便不会在任何困难面前低头退缩，人生路上一定能够昂首前行。

世上的家庭千差万别，而且也会随着时代的发展有所变化，然而唯一不变的是维系延续家族命脉的永恒的力量，这就是所谓的"仁爱之心"。在这样的爱心哺育下，人会成长为真正的人；在这样的爱心支承下，人一定善良而坚韧。

自己的顺利成长，是对父母最好的孝敬。

父母与子女的关系延绵不断。无论到何时，父母永远是孩子的父母，子女永远是父母的孩子。即便离开人世，心也会永远连接在一起。因此，孝敬父母，可以说是人一生的目标。人，应当不急不躁，在生活中不断磨炼自己。

世界上的一流人格

是孝敬长辈

感谢父母

关爱父母

和平由此心而生

磨砺人格

钻石只能用钻石打磨

能够真正锻炼人的

只能是人

一流的人物，拥有"力量"的同时，其"人格"也是优秀且诚实的。

无论做任何事情，都不会表面敷衍，而是以自己的人格为信全力以赴。诚实努力，实实在在地创造成果。朝着宏伟的目标，"全身心"地投入。只讲求表面功夫，持续不了多久，有时甚至会把自己搞得很卑微、低贱。明眼人一看就能识破。

当今，也许会有某种"不尽如人意啊"的感觉，其实不尽如人意可以说是再正常不过的事情。从不缺钱，困了就可以去睡，所有的都遂人所愿，如果抱有这样的想法，人就会堕落，不可能进步。

人，在感觉不顺心如意的状态下，应该严于律己，朝着正确成长的方向，同时不断地进行自我修正。只有在这样的努力过程中，"人格"才会得到锻炼。

要建设更为美好的社会，首先是自己要有所改变，从力所能及的事情着手做起。

越是黑暗，自己就越要像太阳一样光芒四射，播撒温暖和光明。

勤奋学习　不断进取

奋进的挑战中

青春的心　活力四溢

为了和平

都应拥有

更加努力学习

敢说敢干的人生

真正的友情

能够尊重

与己不同的人的"广阔胸怀"

是友情的土壤

做到"胸怀广阔"

便能够孕育深厚友情

身边有愿意倾听自己诉说烦恼的朋友，那该是多么安心。当遇到不顺心的事情时，只要有朋友说一声"没关系的"，就会觉得十分温暖，心情顿时开朗，就能够与烦恼抗争下去。

所谓朋友，如同映照你的一面镜子，你打一声招呼，便会听到他的回音。此时，即便没有马上成为好伙伴，但是你诚实的心，就会像照镜子一样映照在他的生命里。但是，如果你总是"被动"地等待对方跟你打招呼，就很难获得新的友情。

拥有很多朋友的人是幸福的。对人可以讲"我有好朋友"的人是幸福的。比起金钱、地位、荣誉，拥有"绝对情投意合""绝对值得信赖"的朋友的人，才拥有真正"完美的人生"。

"勤奋学习""不断进取"，这样的人的身边会聚集很多"挚友"。在"挚友"的群体中，人会得到锻炼。追求更高层次的真正的友情，一定会给予你数倍于付出的回赠。

友情，一般认为是自然形成的。但是在此之上，彼此拥有各自的目的，相互鼓励、互相帮助、携手共进，人生中不能没有这样一种青春活力铿锵作响的脚步声。双方拥有"为社会做贡献！"的共同目标十分重要。没有明确目标的友情，终将成为"狐朋狗友"。朝着心中的目标，坦诚地相互激励，为实现目标共同努力的友情才能够长久持续。

友情是宝物

友情是幸福

友情是点缀人生的"花冠"

友情愈扩展

友情愈加深

自己的人生也愈加广阔深厚

友情能够使

悲痛锐减　欢乐倍增

做真正的自己

你就是你

他就是他

不可无视差异

汲取优秀

永远以我之本色

诚实地

尽最大的努力

心中的力量是无限的。世界辽阔，宇宙更是浩瀚无比，而人类的心则更为广阔，几乎无边无际。

无论别人说什么，要永远相信"我一定能做到！""精诚所至，金石为开"，鼓起勇气，改变自己，环境也会随之改变，一切都会改变。胜利的道路，终将开辟。

牢记自己的使命，坚持不懈为实现使命而奋斗的人生，是最幸福的人生。使命并非别人所赋，是自己决然的选择。只有这样的意识和信念，才能化为勇于挑战一切的希望和克服一切困难的巨大力量源泉。

人生千姿百态，不尽相同。你就是你，不可能变身为他人。不要随波逐流，要坚持自我本真，只要努力做出自己的最大成就就行。

不需要和别人攀比。重要的是要比较自己的"过去和现在"，看看有没有真正的进取。

每一个人

都具有无限的可能性

都是别人无法替代的存在

有年少成事的人

也有大器晚成的人

人人不尽相同

但一定要让自己的幸福之花

芬芳瑰丽

成长的食粮

确立目标

意味开启

自身要经受历练成长的进程

所谓青春的拼搏

亦可称作"完善自己"的磨砺

盖楼房时，只看到地基，便无从知晓上面能建起什么样的大楼。大楼建好后，原先的地基便不见了。然而，此后的几十年上百年，支撑着大楼的是那已经看不见了的基础。青春时期的勤奋学习也是如此。那些横亘在自己眼前的一个个课题，攻克之后，就逐个成为未来进步道路上坚固的基石。

一直在刻苦努力，但很难取得成绩。在这种情况下，一定要咬紧牙关继续努力。因为那个最难受、最辛苦的时候，正是力量长进之时。

感到不安、痛苦、烦恼，恰恰表明自己在成长。正是因为"好难受"，其改变才可能超乎寻常。

不要畏惧"动荡的风雨"，一步一步，不断前进，坚定地走下去。不用焦虑，也没有必要羡慕别人。沿着属于自己的路，堂堂正正，从容不迫地走下去。

青年朋友们，你们身上蕴含着度过人生、跨越艰难的全部"力量"，完全可以尽情发挥这一力量来实现自己的人生理想。这就是"青春的活力"。

青年人，就是具有"无限可能性的群体"。

青春，也意味着你常常被苦楚烦恼折磨和困扰。不过正是在这苦闷烦恼中，心灵经受历练而日益成熟优秀。极度苦恼的日子，痛苦不堪的岁月，日后回顾起来就会明白，那才是自身成长过程中最为宝贵的光阴。

因此，要勇于直面痛苦，在苦难中磨砺前行。

感到寂寞时，要珍惜这寂寞的时光。决不可用"游玩"一类的行为去掩盖寂寞与伤悲。忍耐，再忍耐，把它作为培育自己成长的食粮。

人生

完全取决于自己

并非由环境决定

自己创造环境

自己开辟道路

赠言

追逐梦想

鼓起勇气迈出第一步

首先坚决地迈出第一步

这一充满勇气的行为

才是青年人应有的"象征"

　　有勇气的人，力量强大，能够永远向前，脚步不停。攀登自己心中向往的"山峰"，并跨越"山谷"，为实现自己的理想和希望奋勇前行。"勇气"二字，定能够化为不竭的"动力"。

　　不是为了自我的外在形象，也不是要介意别人的看法，而是"因为是正确的，所以我要那么做！"这就是"勇气"的实质。"勇气"可以说与"正义"互为一体，所要践行的，不只是"为了自己"，也是"为了他人""为了社会"的充满善意的行为。为此目的的"崇高的力量"就是勇气。这里的践行既是最淳朴的，也是最荣耀的行为。

　　奉献于世人的行为，也一定会回馈于自身。从自己身边的小事着手，力所能及地去做那些自己能够做到的事情。

　　朋友遇到困难时，就会想到"我要帮他做点什么"。只要比平时多一点勇气，就能体现出对人的体恤之心。

无关乎"他人"

首先"自己"行动

动起来的这一"率先"

可开启人生的大门

工作态度

无论身居何处

诚心诚意做事的人

能够赢得

"信誉"这一人生最宝贵的财富

现实中，有人可能在自己觉得不甚理想的职场工作，或许也会有羡慕别人的时候。然而比起这些，最为重要的是在当下的职场里不输给别人。为此，必须以坚忍不拔的精神做好眼前的工作。

我们的社会得以确立的根基，可以说是"信赖"和"信誉"。这只能由遵守相互确立的"约定"以及诚实地履行一个个"约定"的行为来构筑。必须恪守与顾客约定的日期，恰当处理好与前辈、上级约定的业务。

一定要完成与自身约定的目标。要知道所有的工作中都含有"约定"这一行为。哪怕只是五分钟，哪怕只是一张纸，哪怕只是一个数字，只要约定了，绝不能敷衍了事。这就是工作。

首先，是早晨按时起床。

然后，以响亮爽朗的声音问候大家，"早上好！"

要用自己的"声音"，使大家精神起来，给工作场所带来轻松明朗的气氛。我们应当具有这样的精神。

迟到或者是邋邋遢遢的样子上班，无法赢得人们的信赖。一日之计在于晨，可以说只有不败于晨，才能赢得人生。

即便遭遇失败，也决不能掩饰糊弄，要以最大诚意予以应对。随后的反省必须深刻认真，但决不应当气馁。为防止再度出现同样的失误，须倍加努力，以实际行动向人们证明自己一定能挽回损失，再创佳绩。

职场中　一般会有三种人

绝对不可或缺的人

可有可无的人

最好不在的人

这不是由工作种类来区分

而是由人的本身来决定

语言的力量

语言的力量　源自心灵

心为根底

言语由此生成

即便是同样的话语

其力量

因说话人心底的蕴含

而大不相同

互致问候，这本身是一种美妙无比的沟通。

"你好！"一句亲切明快的问候。

仅此一声，对方会十分开心，信赖关系由此形成。

看到身边的人的行为，当你觉得"真好啊"的时候，主动上前问候一声，对话由此开启并延伸。率直的致意，自己的心意便会直抵对方的心里。

认真倾听对方的话语。这样，你会有收获和长进，朋友也会向你敞开心扉，进而结下深厚友情。这样的心灵与心灵之间的对话，是通向和平的第一步，是传播"和平之文化"最重要的推动力。

认同非常重要。认同了，理解就会加深。从心中认可接受，就会产生勇气和希望，行动也会随之来临。

为此，对话沟通是十分重要的，由此便能够深刻理解并认可对方。此时的力量就是"语言的力量""声音的力量"。

对话如镜

知道了对方　明白了自己

对话

打破自己的外壳

扩大了视野格局

美好的恋爱

只能在

诚实而又成熟的

"自立的个人"和"自立的个人"

之间诞生

因此　磨炼自己

尤为重要

恋爱，应当使自己更为成熟，朝气蓬勃，并愈发奋发向上。正如人们所说"恋爱是盲目的"一样，稍不留意，就有可能完全失去冷静把握自己的自如，也是恋爱的现实一面。

决不可忘记，你们自己眼下应该做什么的这一目的。重要的在于，要为实现目标而相互鼓励，共同拥有希望且永不放弃。

如果是真正的相爱，就必须拥有携手培育未来幸福果实的共同愿望，而且也必须为追求美好未来而切实付出努力。为此，恋爱本身就必须具有为实现理想，坚定地面对现实并决心努力做到的品格和智慧。

不惜牺牲自己的进步和发展而去恋爱，决不可能获得幸福。只有"充分体现自己的品格和才华"，由此而得来的幸福才具有真实意义。

如果真心地去爱一个人，就能够在与之真情的交往中，使自己成为对于人类拥有大爱的人。要努力使自己更加坚强，更为优秀，更具有远见卓识。要不断磨砺自己，随着自己的成长进步，未来心心相印般美好的"心灵纽带"一定能够结成。

早点结婚就幸福吗？情况并不完全如此。必须知道，事实上不顾身边亲朋的反对，自我中心地沉溺于恋情，最终痛苦地生活在悔恨泪水中的人并不鲜见。人生，一个人单独面对极其不易。只有在身边众多的朋友、前辈的关照中，人才有可能意识到自己是多么幸运。因此，人必须清醒而又明智地反省并看待自身。

结婚，其本身并不是目的，说到底，更重要的是作为一个人的尊严。人，不论是谁，出生时是一个人，老去时也是一个人。结婚与否等，并不能决定人的幸福。决定幸福的，是活得有没有意义，充实还是不充实。

当周围没有了希望，可以自己创造。因为人的心灵，如同名画家一样，可以自由尽情地描绘出无数的"希望"。真正的爱情，随着岁月积淀，愈发淳厚浓郁。

与自己相爱的人结婚

或许认为一定能够幸福

但是　人生无法预知未来

因此　年轻时重要的是

培养自身拥有

不论何事　永不言败

这样一颗坚强的心

超越自我

以青年人的气质

向某一目标发起挑战

对比昨天的自己和今天的自己

哪怕是一步　哪怕是一厘米

只要前进了

就已经是胜利

能够让自己进步的道路，就是正确的道路。

即便不是在自己理想的道路上行进，但如果在这条路上能够让人产生"让自己不断提升！"的决心，那就是正确的途径。

只要具有"向上的决心"，"失败"也是未来成功的"成因"。因此，没有必要畏首畏尾。

人生中，时常会感到困惑、辛酸、厌烦、苦闷，此时，只有两种解脱方式：

一是抱怨，怪罪周围环境使自己一败涂地。人们或许会给予同情，但最终受损的依然是自己。无论你怎样解释，都会被认为是在开脱自己。

另一种是"不屈的精神"。那就是无论境遇如何，自己的道路由自己去开辟。选择哪一种，唯有自己，他人无法代替。

人生中，首先要具有"无论遇到什么样的困难，都要跨越过去！""要打破禁锢自己的枷锁！"这样的气概。只有这样，未来的一切才成为可能。

"冲破极限！"当决意开始付诸这一行动时，实际上，自己"心中的极限"已经被冲破，第一步已经迈出。此时，可以说距离理想和目标，已经前进了一半的路程。

人生中，十来次的失败算什么？二十次也不行的话，那就向一百次发起冲击。即使一百次都失败了，也不能就此罢休，灰心丧气。或许第一百零一次就会取得成功。

中止挑战，随时都可以，而且无论谁都能做到。但是，即便思索钻研无数次，酸甜苦辣全尝尽，也要把应该做的一个不少地全部做完。要毫不犹疑地做下去，无论失败多少次。要知道，头顶上，"朝阳"每天照样来临。

人　无论是谁

在千锤百炼中成长

历经成败　方可强大

因此　一时的坎坷

不应当消沉抑郁

"心"永不气馁

以更强大的劲头

向着下一个胜利前进

逐梦不已

拥有梦想

便能够无限的成长

梦想

是一把"珍贵的钥匙"

拥有它

可以开拓未来

能够最大限度

发挥自身的可能性

我的恩师经常说："青年人，可以拥有大一些的梦想。因为一开始的愿望太小的话，做不出什么像样的事情。"

拥有一个大的梦想，尽力奔向能够到达的地方。自己的世界，便能够由此延展到更广阔的远方。

心怀梦想和向往，这是青春的特权。然而现实中，不时可见一遇到困难的逆风，就如同被扎了的气球一下子就泄了气的情形。只有在严酷的现实中，不断追逐着梦想，振翅奋力飞翔到终点，梦想才能在现实中绽放。

希望已经决定了未来发展方向的人，能够以执着的精神，朝着目标奋勇前进，切不可半途而废。要以坚强的信念努力进取，这样，即使失败也不会后悔。如果成功，自然收获丰盛喜人。总之，不论怎样都能够有益于未来的征程。

尚未决定未来方向的人，则应全力做好"眼下应当做的事情"。然后，与身边的人认真商量，不畏艰辛地摸索寻求"自己的道路"。

我们可以将人生比喻为漫长的旅途，也可以将其看作年复一年、日复一日中不断往复于无数的"出发"和"到达"的征程。在朝着理想、梦想、目标的终点艰苦跋涉的旅途中，心中会铭刻下宝贵的相遇，也能够汲取很多养分。

青年人本身

是希望　也是梦想

这样的青年

如果愿意为

"让世界充满和平"

这一梦想奋斗终生

世界必定走向和平

IV

我之所见

对未来的建言

珍视他人之心

当今是"IT（信息技术）革命"和"全球化（地球一体化）"的时代。

通过电子计算机，可以瞬间获取世界各地的信息，也可以随时随地和世界各地的人们联络通信。毫无疑问，这是通信领域的全新时代。

但是也有人指出，作为其"负"的一面，由于不与人见面便可以实现交流，因此"只闻其声的社会"在迅速扩展。而且，性质恶劣的谎言以及侵犯人权的信息也在泛滥。

最近，恶性犯罪接连发生，人们感受到社会上暴戾习气的抬头，也与此不无关系。

青年人，是社会的宝贵财富，要保持警惕，绝不能误入这危险的"陷阱"中，绝不能发生让父母和亲人感到悲痛的事情。

正是因为身处乱象丛生的世间，所以必须要让自己更加智慧，更加坚强起来。愚蠢是不幸的，忍气吞声的软弱也等于失败。

出身于伊朗的著名和平学者德黑兰尼安（Majid Tehranian，1937—2012）博士在与我的对谈集中说道："所谓（我们迎来的）'新世界'，是'尽管人际交流的圈子在不断扩大，但对话本身却是严重不足的世界'。"（《二十一世纪的选择》，潮出版社）

世界由最先进的技术连接为一体，然而却没有因此而形成真正有价值和有效的对话交流。物理上的距离接近了，但我们不得不哀叹，心与心却依然遥远。

随着技术的日益进步，信息量的日益增大，引导人们将这些正确地应用于实现人类的幸福和社会的和平目的的"智慧"和"哲学"，就显得更为重要。同时，对于培养提升"人的基本能力"的要求也会变得更加紧迫。

这一基本能力就是阅读能力、写作能力和思考能力，同时也须具备挑战力、创造力和忍耐力。此外，还应有为他人着想的能力、珍视他人的能力和帮助他人的能力。

在此，我不由得想起，世界顶级经济学家、哈佛大学名誉教授加尔巴斯（John Kenneth Galbraith，1908—2006）博士曾经以严肃的表情对我说过的一句话：

"哲学最根本的理念是'所有的人都是平等的。不论在地球的任何地方，人都具有同样的尊严'。这一思想也就是说，非洲的饥饿与波士顿街头有人饿肚子是一样的悲剧。"（《人本主义的大世纪——装点自己的人生》，潮出版社）

加尔巴斯博士说，地球上任何悲惨的事情，只要我们把电视关了，就会从眼前消失。但是我们不能把现实中苦苦挣扎的人们的状况当作"遥远国度的事情"而无动于衷。

在这个意义上，"世界公民"的观点更为必要。它的原点就是，"对每一个人的珍爱之心"。（略）

当下需要的，是要拥有不论他是哪国人，都觉得他是我的朋友，是我的邻居这样一颗"博爱之心"。

接下来的，便是能够深刻意识到生命尊严的行动。

社会上目前存在着"自己一个人改变不了什么"这样一种轻言放弃的风潮。

然而事实并非如此。当一个人有所改变，当每一个人都行动起来的时候，一定会对我们的周围乃至整个世界产生巨大影响。

"一个人的勇敢行动，会带来伟大的变革"——希望大家坚信这一点，为实现青年人特有的理想和每一个人不同的美好追求，全力以赴，奋勇前进。

让压力社会变得清爽

　　现代社会是充满着近乎令人窒息的压力的社会。在日本，这一社会病态，以过劳死和自杀率居高不下而悲剧般地表现出来。而且不得不承认，从儿童世界里那令人痛心的"霸凌"现象中也可以窥见来自这种压力的影子。

　　作为心理学领域受到关注的新观点，美国著名学者马丁·塞利格曼（Martin E.P.Seligman, 1942—　）博士指出,当代令人忧虑的两个趋势是"Big I"（不断增大的自我中心主义）和与之相对应的"Small We"（不断弱化与他人之间的关系）。的确，如果对这样的趋势不加以改变的话，就无法阻止压力社会的持续恶化。

曾经，社会上还存在着容纳处在压力沉重环境中的人们可以相互依赖支撑的土壤。但遗憾的是，时至今日，具有这样条件的土壤多数已不复存在，对前途感到渺茫、失去心灵归宿的人数在增加。这是因为，能够把自己面临的困境毫无顾忌地通过与他人交心予以缓解的人际关系，已经变得十分脆弱。

"压力（stress）"一词，原本是物理学上表示物体受到外部挤压产生扭曲变形的术语，由此衍生而用于表示人的身心问题。

物理性的压力，能够承受多大，因不同物质各异。而作用于人的身心上的压力，对其能够承受多少的人的应对能力，当然也会因人以及所处的环境而有所差异。

某个人感到自己的工作和人际关系压力大，很难承受，但这对于其他人来说，或许算不上什么压力。另外也有那种，即现在感觉到是压力，但在其他时候却感觉不到有压力的情况。更有甚者，比如说结婚以及晋升等，理应是极其高兴的事情，但有时也会成为引起压力反应的主要原因。

有时甚至还会出现这样的情况，比如，对正陷入苦恼的人说，"不是什么大不了的事"这样一句本以为安抚鼓励的话语，结果却适得其反，使他的压力感受加重。可见，人的心不是机器，的确十分微妙。

单一地来看，可以说很多的压力感受都源自当今的"自我"观念。也就是说，当代人的自我，被赋予了无论处于何等境况都应当作为"自由的个体"，自始至终一个人奋斗下去的期望。

与此同时，社会管理方面习惯性地总是把人当作一个齿轮来对待。于是，渐渐地，不知不觉中，当人面对巨大的时代洪流时，就会显得束手无策，无力应对，无形中就很容易陷入这样一种认识误区，即认为把社会向更好方向变革等是不可能的。

一边是过高的期待，另一边则是明显的无力感。在被这二者撕裂的状态下，人们对于压力的承受力也就变得越来越弱。

于是，在思考应对压力的问题时，"有关人的观念的变革"这样的观点被提了出来，受到了关注。也就是说，人的本身其实包含着无限的可能性和脆弱两个方面。因此，很有必要进一步深入探究人们在相互支撑的状况下能够变得坚强的问题。

应激学说的创始者汉斯·塞利①（Hans Selye，1907—1982）博士，以自己与癌症抗争的体验为例，提出了以下建议。

第一，要有自己确定的人生目标。

第二，要拥有自己对于别人是必要的存在，而且这对自己是有益的，这样的人生态度。

人，眼睛长在"前面"，是朝着目标不断向前行进的。同时，在向苦难中的人们伸出援手给予帮扶的过程中，自己也要有能够增强决心战胜自身苦恼的意志和力量。（略）

与他人一道，为了他人，坚定地迈出第一步，果敢地付诸行动。这样，即便是压力很大的事情，也会转化为获得更强大生命力的机会。

未来的时代，造成压力的因素只会增多，不会减少。

正因为如此，我们要以抵御这种压力的坚强和智慧以及乐观和豁达，共同编织构建一张牢固的相互帮扶的大网。

_____

① 汉斯·塞利，中文译名亦称西利。——译者注

这时最为关键的是"共苦"的品格精神，即任何人都具有的"对别人的苦难的不忍之心"。所以，没有必要一个人独自承受不堪忍受的"心灵"上的重负。

女性的声音推动时代进步

　　不论任何组织和任何社会，对女性的智慧和力量重视与否，是一个不容忽视的问题。毋庸赘言，这里蕴藏着一个推动社会发展的重要法宝。

　　那些为女性充分展示自身才智提供机会的组织，能够在使新的思想观点和广泛的探索进取产生实际效果的同时，呈现出勃勃生机。

　　据最近对商界动向的观察表明，经营方式上积极导入多样性的企业，更富有创造力和对于变化的适应性，并且也取得了不错的业绩。

　　注重多样性，并不是止步于仅仅对个人权利的尊重，而且也能够聚集天下丰富多彩的感性与才智，并以此发挥新的创造力，促使社会本身愈加丰富多元、包容和谐的同时，使其得到更大发展。这里的核心，无疑就是女性。

充满柔性而又极富耐心地解决一个又一个复杂问题的能力……在环保运动中充分展示了被称为女性特质的这种能力并把它发挥得淋漓尽致的，是经济学家、社会活动家海瑟·亨德森（Hazel Henderson,1933—　）博士。

用海瑟·亨德森的话来说，她就是"一名平凡的主妇"。（略）

她对于破坏环境的经济发展模式产生了很大疑问，于是便勇敢地发起了对此进行变革的运动。然而政治家和专家们，却没有人参与并给予其支持。

因为她是把大企业和政府作为对手而不断地采取行动，结果甚至被揶揄为"美国最危险的女性"。也有人甚至把指责的信件寄给了她丈夫供职公司的总裁。还有人嘲笑她"没读过大学的主妇，懂什么叫经济"。

每一次面对这样的遭遇，她都会在心底喊出"岂能败给他们"的声音，继续奋起抗争。她通过自学，相继完成了经济学和生态学的学业，获得了能够与最具权威的学者们平等讨论问题的实力，从而为自己责无旁贷的主张发出更为明确的声音。

她这样的信念和勇气就像一个巨大的磁场，女性们的声音被聚拢了起来，愈加响亮而有力。

她和周围邻居创立的"守护清洁空气的市民之会"，后来发展成了环境保护运动的先驱组织。此后，重要的保护环境的法律制定出来了，使得人们的意识、企业以及政府的运营方式有了根本性的变化。

博士关注的不是囿于理论的抽象论和观念论，而是始终把目光的焦点对准关乎人们的健康、安全和幸福这些具体的现实问题。因此，一切关注和行动始终针对问题要害，直击靶心。她那坚忍不拔的精神如滚滚江河永不停歇，从未退缩放弃，一直贯彻至今。（略）

日复一日的日常生活的持续性和一贯性——而令我特别关注的是其中内涵的渐进变化的过程。

这与那些往往由男性主导的"革命"一类伴随暴力的变化，形成了非常鲜明的对照。长期以来，男人们一直轻视女性的意见和努力。毫不夸张地说，这样的傲慢所招致的报应，便是造就了一个纷争进而杀戮征伐不断的生存艰难的社会。

博士曾大笑着说："对于迄今男性引发的问题，女性伙伴们当今的努力，就如同一起动手'清洗整理用过的脏乱的餐具'。"

在自己落脚的地方，努力做到直面身边的现实，关爱所有与自己有缘的人们，珍爱生命——这是女性特有的智慧和力量。无疑，只有在这种女性特有的智慧和力量得到充分展现的社会，全球性课题才能够得以破解，世界和平才能够坚实地向前推进。

为此，十分有必要开展男性的"意识领域的革命"。

此时，我想起了世界人权宣言的起草者之一埃莉诺·罗斯福（Anna Eleanor Roosevelt，1884—1962）于20世纪30年代那个黑暗时期所阐述的一段话：

"安全，真正的代议权，公正、贤明且正确的法律，更加幸福而舒适的生活，没有战争威胁的未来。 千万的女性们，如果真心想得到这些，就必须行动起来。"（Roosevelt, Eleanor, "What Ten Million Women Want," *The Home Magazine*）

　　亨德森博士曾对我说："21世纪，应当成为男性和女性互为合作伙伴的世纪。"对此，我深有同感。

　　我希望女性和男性相互尊敬，共同为下一代开拓广阔的发展道路。

　　希望努力建设这样的一个时代，即无论何人，作为一个个性丰富的"人"，作为一个无以替代的"生命体"，都能够得到尊重的时代。只有这样，我们才能够享受到人类的多样性这一财富。

艺术创造未来

　　"台上三分钟，台下三年功。"这是中国京剧界
一个人尽皆知的说法。

　　去年（2006）夏天，我创立的民主音乐协会邀
请了中国京剧院历经如此严格训练而具有精湛演艺水
准的演员们前来日本交流。他们在日本各地的倾情演
出，歌颂了《三国志》中的英雄——诸葛孔明的精
神，赢得了广泛的赞誉和感动。

　　艺术，既不是一些有钱人的装饰品，也不是奢侈
品，而是面向大众，供人们欣赏的瑰宝。

　　音乐、绘画、诗歌、舞蹈等，不论哪一种，都是
经由艺术家的灵魂在碰撞交锋的反复煎熬提炼中成就

的结晶。通过与这些艺术结晶的交流，我们能够从中重新发现人的价值、可能性和生命的尊严。

尤其对于儿童来说，这是他们心灵健康和谐成长和全面正常人格形成所需的必不可少的养分。

艺术给予人类精神以最大的滋养。

"霸凌"问题、凶杀事件等，当今时代暗流涌动并非净土。正因为如此，应当通过与真正的艺术的接触，给幼小的心灵赋予"成长的快乐"和"活下去的力量"。

回想当年，在自己的青春岁月里，我也是从手摇唱机播放的贝多芬的名曲中，无数次地，疲惫的心灵得到慰藉，获取了勇敢面对艰难困苦的力量。

"艺术能凝聚所有人！"（罗曼·罗兰，《贝多芬传》，片山敏彦译，岩波文库）这是贝多芬发自肺腑的呐喊。

艺术沟通彼此，把世界连接为一体。正如绚丽的花朵没有国界之分一样，艺术也没有国界。超越所有障碍，放眼并欣赏不同文化特有的美和丰富内涵的同时，把友谊传遍全球。

2001年9月11日，美国同时发生的多起恐怖袭击事件，震惊了全世界。

当时，我们正在东京富士美术馆为下个月开幕的
"女性美的五百年"展而紧张忙碌地准备着。

包括被誉为"俄国的蒙娜丽莎"的名画《无名
女郎》（莫斯科特列恰科夫美术博物馆藏）在内的世
界五十四个美术馆的代表藏品将汇集一堂。然而，受
这一恐怖事件的影响，出现了"用飞机运送作品太危
险"的声音。

此时距正式开展仅剩一个月，船运根本来不及。

而一扫这一不安的，是信奉艺术力量的各国美术
馆工作人员的齐心合力。奥地利皇家家具博物馆的彼
得·帕瑞泽（Peter Parenzan，1939—　）馆长向我
们表示："决不可以放弃希望。我们只有艺术交流，
没有别的选择！"这给予了我们强有力的声援。

展览会如期开展，明确而又清晰地向外界显示了
决不屈服于任何野蛮暴力的、"文化力量"的深刻内
涵和强烈意志。

战争期间，抱有坚定信念，与日本的军部权力
顽强斗争，后死于狱中的大教育家[①]，曾毫无惧色地

---

① 大教育家：牧口常三郎（1871—1944），与户田城圣一道创立了创
价学会的前身创价教育学会。——译者注

主张：第一，"利"的价值（广义上的利益追求）；
第二，"善"的价值（反对不端的正义追求）；第三，
"美"的价值（艺术、文化的追求）。并认为只有三
者齐备，人才能够拥有真正的幸福。

　　艺术，创造人，创造社会，创造未来。

　　我至今记得世界顶级小提琴家梅纽因（Yehudi
Menuhin,1916—1999）的一段话："白天，打扫街道
的人们，夜幕降临后，演奏四重奏。这就是我们期盼
的世界！"

废除核武器

　　"无论哪个时代，不论怎样弱小，希冀正义的庄严的声音从未停息。可是从来没有像今天这样，我们需要更加洪亮地发出超越和压倒暴力以及险恶喧嚣的正义之声。"

　　这段话出自为了废除核武器，为了维护和平而坚持斗争的世界科学家团体"帕格沃什科学和世界事务会议"秘书长罗特布拉特（Joseph Rotblat，1908—2005）博士之口。

　　广岛、长崎被投下原子弹之后六十周年的2005年8月，罗特布拉特博士逝去了，享年九十六岁。生前，博士一直担忧的是有关核裁军的长期停滞状态和核扩散的危机，并不断为之奔走呐喊。

　　由于军事技术的飞速发展，使用最新型的高科技武器的战争，成为极度远离人们的现实和情感的东西。这些武器一瞬间便可夺走无数的宝贵生命，彻底毁坏人们深爱的家园。一切都被彻底毁掉抹去，甚至不会留下一丁点儿能够一瞥牺牲者以及他的家人悲伤恸哭的空间。

　　在以核武器为顶端的巨大暴力体系之下，人已经不是有生命的存在，而是仅仅被当作了一个物品，这样一个令人毛骨悚然的严峻状态已经出现。

　　面对这样严酷的现实，国际社会里"废除核武器等，难道不是白日做梦吗？"这样一种意欲放弃和无奈心绪正在渐渐弥散开来。

　　追求和巩固和平的事业，是"放弃"与"希望"的博弈，也是"无奈"与"执着"的较量。如果那种因死心而放弃的无奈感蔓延开来的话，随之增大的便是其对立端的"依赖力量的风潮"。现在我们面对的问题恰恰就在于此。

　　话说回来，在这个世上，制造能够带来地狱般惨剧的武器的，正是人类自己。这样来看，以人类的智慧不可能废除不了核武器。

罗特布拉特博士长期效力的"帕格沃什科学和世界事务会议"成立于1957年。这一年正是急剧加速核武器的军备竞赛风潮席卷全球的年份。当年的9月8日，大声疾呼"废除核武器"的人是我的恩师、创价学会第二任会长户田城圣。

那是台风刚刚过去的秋高气爽的一个晴好日子，在横滨举行有五万名青年参加的大规模集会上发出的宣言：

"当今，全世界掀起了禁止核能试验或原子弹爆炸实验的运动，我所要做的就是要斩断隐藏于其背后的黑手！"

"假使某个国家试图利用原子弹征服世界，那么，这个民族，那个使用了这一手段的人，就是恶魔、魔鬼！"

我的恩师，为什么要使用这么激烈的言辞来谴责核武器呢？

他这么做，无非是为了揭露并告诫人们，核武器的本质就是夺取世界民众的生存权利的"绝对的恶"。

妄图恣意地统治他人的利己主义的恶魔本性，

以拥有核武器这样一种极端的姿态在国家层面体现了出来。对于我们所处时代的这一状况，恩师从"生命论"的深层次出发，重重地敲响了警钟。

认为核武器的存在是抑制战争的"必要的恶"的思想，是废除核武器道路上最大的障碍。这个障碍，必须坚决排除！

恩师的宣言，由于认定了核武器是"绝对的恶"，所以既没有被意识形态以及国家的利益所束缚，也没有被"强力政治"的言论所迷惑。这是立足于人类生存权而发自灵魂的呐喊。在"防止核扩散"以及"限定核战争"的主张出现后历经半个世纪的当今，我坚信这一普遍的思想光辉正在日益照亮人心。

为了彻底消除核武器，不能没有人的精神的根本性变革。自六十多年前向广岛、长崎投下原子弹以来，亲身经历了原子弹爆炸的人们，把绝望化为使命，要求废除核武器的呼声从未歇停。继承这一"自身的变革"的崇高奋斗目标，并将其升华到根绝战争本身这一事业中，是历史赋予生活于当今世界的我们的义务、权利和责任。（略）

"反对核武器和战争！"这一呼喊，并不只是出

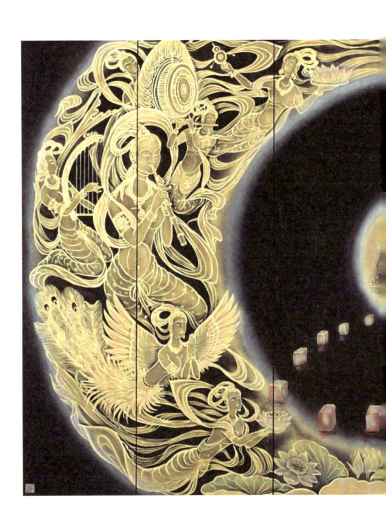

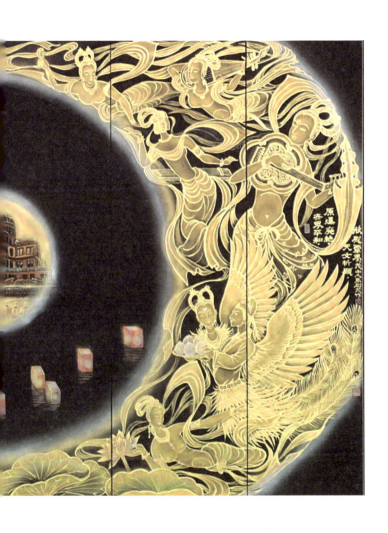

于感伤或情感等。应当说，它是直视"生命的尊严"之上的人的最高境界的理性表达。

正是在人类不得不面临核扩散这样令人恐惧的现实的今天，我们每一个人，除了从生命的根底唤起冲破现实这一厚厚壁垒的"充满希望的力量"之外，别无选择。

为了驱散笼罩在现实世界上的核武器的阴云，就绝对需要更多的人开始"我也能够做点什么"这一认识上的革命，以及全世界的民众广泛地团结起来，强烈且持续地发出"坚决阻止试图毁灭的狂妄"的声音。

贫困是人权问题

当今，世界上让很多人依然陷入苦难的是贫困问题。贫困，从其伤害生命的尊严，而且事实上也使得人为了体面的生活而必需的对于权利和自由的享有成为不可能这一意义来看，可以说是极为严峻的人权问题。

如果我们把目光转向现实，据说当今地球上，由于极度贫困，营养不良，缺乏饮用水和医药品等原因，每天有将近两万四千人失去生命。

2000年9月，世界各国的首脑齐聚联合国，提出了在2015年之前将"一天的生活费不足1美元的人口"和"处于饥饿状态的人口"数量减少一半的目标，并庄严地宣誓一定要实现这一目标。随后拟定了《联合国千年发展目标》。

正是由于一部分人消耗着太多的资源，过着富足优渥的生活，所以，世界上有很多人承受着饥饿的折磨，人的尊严受到损害。不得不说，由横亘于贫富二者之间极大的不均衡所滋生的仇恨及暴力，是极度令人痛心的连锁反应。

正如《世界人权宣言》序言中痛切地指出的那样，"对人权的无视和侮蔑已发展为野蛮暴行，这些暴行玷污了人类的良心"。

佛法的核心里有"缘起"的思想，说的是，一切现象都产生于各种原因和条件之间的相互关联之中。一个人无法独自生存，任何国家也不可能孤立地存在。素有"唇齿相依"的说法，只有相互依存才能稳固屹立，不论哪一方倒下了，双方必然彻底坍塌。

当今最需要的是我们作为相互关联、难以分离的"世界公民"的意识。这是因为当立足于这一清晰的现实认识和观察基点时，就不能不重新审视我们现在所处的状况。

因贫困而使有尊严的生命一直受到威胁的人们，

某种意义上，不就是被抛进了国际社会里出现的那种"漠不关心的暴力"之中了吗？明明知道严酷的现实，但不采取任何实际行动的姿态，不可避免地会被谴责为懦夫。

"长久地搁置正义，就是对正义的否定。"现在，我们应该想起马丁·路德·金（Martin Luther King, Jr., 1929—1968）博士曾经说过的这句话。

希望是有的，而且也不是没有对策。可以看到以NGO（非政府组织）为首的很多热心团体和个人加入了与贫困战斗的行列中。

只不过当今依然处在贫困最底层的很多地区，其经济匮乏程度相当严重。如果把依靠自己的力量发展比作上"梯子"，那么事实上，如果没有来自国际社会的支援，那些贫困地区目前的状况，就如同抬脚也够不着"梯子"的第一阶那样糟糕。

正因为如此，眼下十分需要只有基于大局观的政府机构才可能实施的有效援助。与此同时，联合国机构、当地政府、NGO之间的协作配合也是必不可少的。

根据UNDP（联合国开发计划）的测算，解决贫困问题所需的成本费用，只占全世界总收入的百分之一。而世界各国的军费总额高达一万亿美元。如果将这一扭曲的局面矫正过来的话，"人类大家族的安全保障"绝不是南柯一梦。（略）

当今，随着经济一体化的推进，我们的生活与世界的关联更加密不可分。因此在这样巨大的时代脉搏中，思考和重新审视我们的日常生活不仅十分必要，也具有可能性。

究竟我们自己的行为能够对遥远国度的人民产生什么样的影响？从那些国家的人民的身上，我们应当学习什么？在解决贫困问题方面，即便"一个人"，能够做到的事情也会有很多。

总之，人类的历史，应当在让那些还承受着苦难折磨的人们拥有新的希望并能够发挥创造力的道路上发展前进。

为了使得生活在窘迫境况中的人们焕发出活力，国际社会应当相互协作并由此展开对于所有问题的构想和努力。这样做，不仅会在物质方面，而且也在精神方面，一定能够使得整个世界美好而富裕起来。

以青年的力量
促使联合国的改革

　　"假如给我一根'杠杆'和一个'支点'，我就能撬动地球。"这是两千两百年前阿基米德发出的豪言。

　　这不仅仅揭示了杠杆原理，而且其中也包含着对于人类的可能性的信赖的表白。它意味着，无论面对什么样的难题，人类一定拥有能够解开它的智慧。

　　1963年9月，在第十八届联合国大会上，美国肯尼迪总统引用这句阿基米德的名言后说道："生活在地球的朋友们！让我们把这个各国聚集的会场，作为我们共同的支点吧！让我们在属于我们的时代里，实际行动起来，以此来验证能否推动这个世界朝着正确持

久和平的方向发展吧！"（高村畅儿编，《狂叫的肯尼迪》，学习研究社）

联合国的确是以"人类的利益"为"杠杆"推动全球向前发展这一伟大的挑战性事业的"支点"。

面对地球变暖、金融危机、贫困，以及经济水平差异、恐怖活动、粮食危机等堆积如山的世界性难题，我们人类该如何破解应对？当今的联合国是人类历经两次惨烈的世界大战后建立起来的。问题的突破口，显而易见，我们只能从以联合国为"团结的支点"，最大限度地发挥其作用的过程中找寻。

此时，一定要把各国原来以自己国家利益为中心的行动转变到基于更突显"人类利益"的思想认识上，进而不断把力量整合起来，而这一事业的领导核心，非联合国莫属。地球与国家二者的关系，并不是自己国家存在前提下的地球，而是地球存在前提下的自己国家，这个道理不言自明。当下世界各国必须重新认识这一道理，是时代的迫切要求。

众所周知，联合国承担着各种各样亟待解决的课题。为了能够切实地回应来自世界各国的期待，联合国本身必须进行强有力的改革并由此获得重生。

　　21世纪的联合国的运营，必须依赖超越国界的"共同目的""共同责任""共同行动"这三根支柱的鼎力支撑。为了使之落实到位，我坚信，绝对不能没有勇于打破旧有的条条框框，并具有新的思想和创造性的"青年的力量"。（略）

　　如果把当今世界面临的诸多问题抛于脑后，那么将来遭受巨大祸害的不是别人，正是下一代人。因此，正是他们才理应具有最大的发言权。无私心杂念，超越眼前的利弊，拥有正义之心并能够放眼未来，也是青年人特有的权利。

　　我相信，建立有利于青年人能够更加积极参与联合国的讨论和参加联合国许多机构在各地举行的活动的制度极为重要。

　　作为努力争取联合国认可青年进入政策决定平台的成果，2008年的联合国大会上，十四个国家的代表团里出现了青年人的身影。这是对青年们的有益贡献的理解和信赖的证明，期望联合国成员国主导的这样的努力能够发挥更大范围的示范作用。

　　另外，关于联合国的机构，经济与社会事务部里设有负责办理有关"青年"问题的窗口。希望使其升

格，最终设立"青年事务部"的想法，不是也应该尽快提上议事日程吗？而且其中的一项提案，就是在联合国设置常设性的"青年主管"这样一个联合国秘书长的特别代表及高级代表的职位。

另外在新闻部的NGO（非政府组织）的年度会议以及联合国主办的国际会议上，近年来青年们的加入及其发挥的作用，越来越受到关注。

我建议进一步加强这方面的努力，即作为与联合国直接对接的"预备会议"可以设立一个联合国邀请世界青年代表前来共同议事的"青年总会"。在这里进行讨论的内容，应当反映到每年召开的联合国大会。

总之，我强烈希望能够有越来越多的机会，让世界的领导人直接倾听来自青年一代视角下的主张。

我信赖青年。青年人，他们具有清新超俗的进取心和前进动力，有大胆描绘新的未来蓝图的想象力和顽强突破难关的行动力。应当激发、增强、培育青年们的这种活力和智慧。由此，人类具有的可能性便能够得以顺利发挥。切不可忘记，增强联合国这一"支点"，推动世界走向和平的原动力，正是来自青年。

我的青年时代

引自《我的履历书》

执拗先生

　　我的履历，极为平凡。最近（1975）频繁往来于位于羽田的东京国际机场。每次行驶在大森附近的高速公路上时，小时候的情景都会瞬间浮现于眼前。总之，这里是我出生的故乡，与往昔比较，当今有了天翻地覆的变化。即便如此，脑海中昔日的痕迹还是依稀可寻。我于昭和三年（1928）正月初二，作为紫菜店人家的老小子，出生在现在东京的太田区入新井。幼年是在糀谷度过的。

　　隐约记得，我的童年时期，湿湿的海潮风掠过原野，原野上星罗棋布地坐落着许多生产紫菜的人家。从海岸一直到海湾远处的海面，极目远眺，养殖紫菜的毛竹筏架，以均等的间隔一排排齐整地延展过去，构成了一幅令人陶醉的美丽画面。四季不同时令的花儿竞相绽放的原野和潮水涌来退去且细沙柔软的海滨，是最适合我们嬉戏玩耍的游乐场。在不见了红蜻蜓影子的晚秋时分，湛蓝的晴空下，一大片轻轻摇曳的芒草，那顶端密绒绒的银白色柔毛，波浪般沙沙作响。那时右手方向的羽田机场，悠然恬静，偶尔有教练机的引擎声响起。

大森一带，曾经因浅草紫菜的产出量第一而称霸全国，可是现在，那已经成了一个远去的传说。如今，住宅鳞次栉比，街道工厂密集。这种状况大致始于进入昭和时期的数年之后，开始走偏的日本步入第二次世界大战道路的年份。今日的工业地带出现之前，大森海岸一带是一派渔村风貌，天空清澈无尘，海水湛蓝透明。

家父，戊子年生人，名叫子之吉，母亲的名字是一，我是男孩中排行老五。奇妙的是，我一出生就被当作了弃婴。我出生的昭和三年，父亲四十一岁，正好是厄运年份前一年的"前厄"之年。因此，出于为避免厄运的迷信风俗习惯的讲究，我便遭此大难。不过，在丢弃我之后即刻去捡拾的人事先已经说好，整个流程安排得颇为妥当。

然而在我本应被说好的人捡拾之前，却因为不知被谁先发现捡走后送到了派出所，结果由此引起了一场不小的骚乱。亲生的婴儿不见了，父母似乎着实为此大大地惊慌了一番。这样的事情虽然在世间也时常能听到，迷信之类的缘由暂且搁一边，其实父母的心情充满着希冀我健康成长的祈愿。

我的父亲，用一句话来说，是一个挺固执的人。十八年前去世了（1956年，享年六十八岁）。生前一直被四周邻居叫作"执拗先生"，因此，我们在与人交往中自然通常也被作为"执拗先生之子啊"来看待。家父，在顽固的另一面，耿直的一根筋生性秉持一生，然而其实父亲是一位人缘很好的人。

家父身上那种固执的秉性，似乎是先祖遗传下来的气质。江户时代的后期，天保年间大灾荒之时（1830年间），由于气候异常，天灾不断，全国普遍粮食歉收，各地都出现了农民饿死的现象。为应对这一情况，幕府对民间发放救济米。可村子里池田家的祖宗却说："没有领取的道理。吃草也能够熬得过去，把粮食发给其他人！"固执地没有领取救济粮。这个事情，估计后来添加了各种各样的粉饰，但是自那之后，当时的祖辈就被村子里的人奉为"执拗先生"。父亲就是其子孙后人。

此外，还有六尺（约180厘米）扁担的故事。据讲，当时要把米从品川运到不入斗（后来，新井宿村和不入斗村合并，成为入新井町）。这条扁担，就是池田家好几代前的当家人听了人家的"如果挑到的话，送你两袋米"的说法，就真的脚穿木屐吭哧吭哧地喘着气挑着米走完了十里地的扁担。执拗的习性，代代相传，历久弥坚。

对这位执拗的父亲，母亲很用心地服侍了一辈子。紫菜的生产极费工夫。母亲天一亮就得早早去采摘，接着中午晾晒，再加上做饭和照看孩子，从最繁忙的秋季开始一直到冬季，经常忙得顾不上吃午饭。母亲双手总是皲裂着，刚过五十岁，头发便花白了。

进入昭和时代之后的父母二人，经历了二·二六事变、日中战争、第二次世界大战，直至战争结束的动荡时期，生活始终笼罩在战争的阴云下，他们忍受了人生的起起落落，受尽了风雨飘摇的苦难。尽管十分平凡，但我非常珍惜他们身上的那种作为善良平民的自豪。

如今上了年纪，已经七十九岁的母亲（1976年去世，享年八十岁）一直挂念着体弱多病的我，每次见到我，都会说："身体，可一定要注意哟！"母亲永远是母亲。

1975年2月1日

院中的石榴树

　　近些年，石榴树与其说是为了食用其果实，不如说更多的是作为园艺的观赏树木而栽种。而我则更喜欢掰开那熟透了的咧嘴的石榴果，把玛瑙般晶莹的果粒儿满满地吮吸进嘴里，然后一边把籽儿分离吐出来，一边砸吧着品味那亦甜亦酸的幽淡滋味。

　　两岁后不久，便由入新井搬到了糀谷三丁目。宽敞的院子里，有一棵石榴树。树干里疙瘩并不光滑，但树冠枝繁叶茂，生机勃勃。梅雨季节，当带有些许橙色的红花开放后，在光泽清亮的绿色中分外艳丽夺目。这阵子，心中便按捺不住，总是盼着熟透变为红黄相间色的厚厚的果皮裂开口子的时候。到了秋天，就会经常爬上树摘下石榴果。那微微泛红、晶莹剔透的石榴果粒儿，啊！真是令人难忘。

在普通完小的入学前，有一天我突然发高烧躺下了，得了肺炎。我至今清晰地记得被发烧折磨得痛苦的呻吟和请医生前来打针的情形。刚刚好转恢复健康状态后，母亲对我说："看看院子里的石榴树！尽管不适宜潮汐海风和沙地的生长环境，但依然开花，每年都在结果。你小子，现在体弱，但一定会健壮起来！"当时的家，离海很近，步行十分钟就可到海边。石榴树就是在这样的沙地里深深地扎下了根。

人，会把人生中的几件事，就像看一幅画，细致到连色调都清清楚楚地记得一样，牢牢记住。而且那些情景里多半是与自己的过往，与自己的行为有着密切关联的东西。年轻时我常常因体弱多病而苦恼，那时的一些事情至今还会经常想起。

青少年时期，在我的脑海里，人的生死问题总是挥之不去。这似乎是与自己一直身体状况不佳有着直接的关系。睡觉出了一身汗，梦魇般痛苦呻吟时就会想到"人死了，会是什么样子啊"。现在回想起来，那种感觉很是有些不着边际。可是在小学生的阶段，那颗年少青涩、多愁善感的心，经常幼稚地思来想去。

昭和九年（1934），我进入羽田的第二普通完小读书。

刚入学那会儿，我在很多场合都很调皮。个子矮，在教室里从前边数很快就能找到，但是课后游戏时却不落下风。学习成绩中等，是一个没有什么特长，极为平凡的少年。

在这之前，无拘无束、天马行空似的度过了自己的少年时代。小学二年级时，父亲得了风湿病而卧床不起。在紫菜生产业界，失去最重要的男性劳动力的结果是致命的。紫菜生产不得不缩小规模，雇工们也相继离去。

一边是执拗地不接受援助的父亲，一边是好几个还处在成长期的孩子，不难想见当年母亲的辛劳绝非一般。"求助于人，给别人添麻烦的话，你们几个长大了，在人前就扬不起头啊！即便是吃糠咽菜，也不要接受援助！"父亲口头禅似的告诫我们。道理没错，然而生活却是极度艰难贫困。但母亲则坚强而又乐观地说："我们家是穷人里的强者！"

　　由于买不起上学时穿的木屐的鞋带，一直都是母亲给我亲手编织。记得姨妈来看父亲时，临走时悄悄放下两三盒香烟给父亲。由于生活窘迫，大哥喜一从好不容易考上的中学退学，拉着人力车从现在的武藏小杉批发购进蔬菜，然后沿街叫卖。我也偶尔在星期日等空闲时，在后面推着人力车，帮着大哥卖菜。现在也能经常想起推车上坡时，那紧张而又特别吃力的不容易。

　　那一时期，听说来看望父亲的亲戚中，有人辞别时悄悄把百元钞票塞在病床的枕头边，并嘱咐不要告诉父亲。这事好像一直没有告诉父亲。直到父亲去世许多年后，重视礼仪和为人之道的母亲才把这件事告诉了我。那是我担任会长的两年之后。我即刻抽空前去那户人家拜谢。实在感到内疚，因为这是已经晚到了三十来年的致谢。

1975年2月4日

寒风中奔跑

　　搬家之后，感到高兴的是仍然在同一个学区，没有必要换学校。可是，因为生活愈加贫困，我很快就开始和大哥一起去送报纸。大概是从小学六年级开始，高小的两年期间，总共送了三年报纸。记得是每月六元钱的收入。

　　寒风凛冽的早晨，哈在手上的热气恰似一片片白雾，肩头几乎嵌入肌肉里的肩带下面那一大捆报纸重重地坠着。因为住户们相距较远，送报的区域也就很大。从一捆报纸中抽出一份，在"唰唰"清脆的声响中，我们把报纸麻利地折叠好，一家一户地投递下去。我们也在傍晚送过晚报。冬天，日头落得早，送晚报都是在小朋友们围坐在家里暖桌前休息的时间。被汗水浸透的肌肤冰凉冰凉的，屋外寒冷彻骨。

送完报之后，啊，今天也干得不错！心情立刻爽快起来。我，怎么说呢，不愿意被时而隐隐涌起的伤感击倒。无论干什么事，都从战胜眼前的困难开始。那就是一边想着好日子一定会到来，一边脚步不停地奔跑在大街小巷。已经过去三十多年了，如今，从每天早上送到我家的报纸上，我依然能清楚地感受到送报员的辛苦。

不知始于何时，我懵懵懂懂地，想着自己将来要当一名报社记者或杂志记者。普通初小、高小以及战后的夜校时期，始终没有遇到自己能够一门心思、踏踏实实读书学习的环境。不过，总的来说，还是努力读了不少书。因为一直觉得在读书学习上不能输给别人。后来产生了想干点儿写文章的活儿的志向，也是从那时期的读书中受到的影响吧。

此外，觉得那时送报纸，对我后来的志向也起了作用。肩上挎着及腰的一大捆报纸，快速奔走着，走街串巷地送给各个订阅户，人们能够从中知晓世界和社会的动向——一个懵懂少年的那种情感油然而生。

这一切都是当时真实的情景。我送报纸的那个时期，现在回想起来，整个日本，人们都超乎寻常地关注着战争的动向。那些有关在中国大陆的战况的报道，想来很多家庭都一定是在焦急地等待。

家中虽然并不富裕，但小学六年级时，我还是参加了修学旅行。现在完全能够想见当时母亲为此在家庭开支上费了多大的周折。总之，旅行前的喜悦难以自禁，兴奋不已。那是参观伊势、奈良、京都等关西地区景点的五天四夜的旅行。返回时在车上过夜。特别是京都，我最感兴趣，因为当时它是明治维新的大舞台。而留在记忆中的，更多的是一连串的惊奇和叽叽喳喳的欢闹。

因为只顾得和小伙伴们大呼小叫地玩得开心，第一个晚上，在住宿地就把母亲给我准备的零花钱用来请客而全部花掉了。买来糕点，大方地分给大家吃了个精光，到最后买旅行地特产做礼物时，因为没钱而犯了愁。

六年级时的班主任H先生，人很好。他提醒我说："池田君，不要总是分给大家，也要给家里买一点啊。你哥哥当兵去了。至少也要给爸爸、妈妈买点儿礼物带回去呀！"

当得知我基本上把钱花完了之后，他把我小声叫到一个僻静处，给了我两元零花钱。我顿时心情轻松了许多，甚至顾不得认真地说声"谢谢"，就忙不迭地这个呀那个地挑选礼物去了。

回到家后，十分得意地把礼物送给父母，同时把事情的前后经过说给了父母。听完了之后，母亲说："可不能忘了那位老师哟！"打那以后，我一直和H先生保持着书信往来。

所谓教育，那就是，即使把在教室里所学的东西全部忘光之后依然留在心里的某个东西。从六年级班主任老师那里，我深受教诲，学到了最为尊贵的东西。在师恩这一传统习惯往往会被看作某种陈腐的封建思想的当下，也正是教育常常失去温情的现代，的确，那时的我是幸福的。

那一时期，大哥和二哥都当兵出征上了战场。儿子先后被征召而离家远去，母亲看上去很是寂寞。日本对中国大陆的不正当的侵略战争不断扩大，不久，诺门罕事件发生。很快，纳粹德国军队侵入波兰，昭和十四年（1939）第二次世界大战爆发。军靴也恣意地踏进了我家的门。

　　母亲接连失去了家中的劳动力之后，就更加精打细算地维持着贫穷家庭的生计。在近处海边捞的小鱼，经常会出现在饭桌上。"把鱼骨也要吃掉啊！"母亲总是不停嘴地提醒我。即便想给多病体弱的我增添一点儿什么营养，但实际上无法实现，这样的唠叨，无疑是母亲对我竭尽心力的爱。

1975年2月6日

汗水和油渍

　　昭和十七年（1942）四月，考虑到离家近，加之三哥工作上的关系，我进入了位于蒲田的新潟铁工所就职。前一年的十二月七日[①]，日本军队袭击了夏威夷珍珠港，太平洋战争由此爆发。那一年的年末，日本军队十二月二十五日占领香港，第二年一月攻占马尼拉，二月攻占新加坡。在接连取胜的局面下，进攻势如破竹，战线在不断扩大。然而，使得战局出现逆转的中途岛海战，则是在我参加工作的两个月之后发生的。因此在那

[①] 日本社会通常记述二战时期日本袭击美国珍珠港事件的日期为1941年12月8日，这是因为东京标准时间与美国标准时间的差异。本文采用了事件发生地的日期，即1941年12月7日。我国社会也普遍采用这一日期。——译者注

之前一个时期，社会上战胜者心态横溢。

新潟铁工，不久后也进来了一位海军省船舶本部派遣的技术将校。作为军需工厂，新潟铁工承担着舰船生产部门的一部分任务，生产线在昼夜不停地满负荷运转。那一时期，军国主义色调的时代浪潮，波及并浸漫了各个工厂和公司。公司内设立了青年学校，进入公司的员工，都必须在那里接受军事化的教育和训练，学期为五年。不过到了我的时候，还没等到结业，便迎来了战败。工厂关闭的同时，青年学校也随之自动消失了。

当年，我们新员工被编入A、B、C三个班，每一个班五六十个学员。我记得自己好像是在B班。授课时间不定，有上午的，也有下午进行的。总之，一天内，半天是各个学科的学习，剩下的半天是工厂实习。半年多时间是见习期，基本上学习机械操作。

也算是反映那个时代特征的一个例证吧。在青年学校，指导教官和学长们对低年级的同学常常会凶狠地左右开弓扇耳光，校园里丝毫没有和谐恬适的学习和生活氛围。有一天，在讲授关于螺丝的切割方式的课堂上，任课教员在黑板上写了方程式进行讲解。由于我对他的解析尚有理解不了的地方，于是举手提问了。

不料那人突然发怒，冲着我厉声斥责："那样的

问题，搞不懂也没什么！别提这问题来显摆自己！"我
不禁大吃一惊。学校里有很多来自北海道以及东北地区
等地方出身的人，同期的伙伴们，上课时一般都不提问
题。所以，大概是因为只有一个矮小的青年发问特别扎
眼，把他惹火了吧。那是一个军人精神至尊的时代，
常常听到"没必要讨论！""嘿！""混账！""闭
嘴！"的吼叫，人们的心无疑都变得粗野了。

我经常是早上比规定时间提前一个多小时来到厂
里，打扫卫生，摆好桌椅。这并不是受谁的提醒指示
而为，而是认为作为进入社会的成年人应当迈好自己
的第一步。正是因为基于这样的想法，当时的我一定
是非常积极努力向上了。一位担任指导教官助手的学
长对我说："你不用那样每天一个人打扫卫生的。"
由于从小受父母爱干净习惯影响，我回答："可是，
我觉得这样打扫得干干净净的话，大家都能以很好的
心情听课，做好工作。"这是我当时极为率直且真实
的感情。

青年学校的校服，是像麻袋片一样粗糙的麻织制
服。在学校里，就是穿着这样的工作服和铁块、图纸
打交道。实践课上，有时左手拿着钢钎，用很重的铁

锤使劲去砸细细的棒状钢钎，铁锤能否准确命中是关键。由于没有自信，往往眼睛不由得只盯着钢钎的位置和锤子的走向。但是，这样的打锤姿势，实际上没有力量。老师发现后会走过来予以提醒。老师教给我们的是，不要只盯着手边，而是要从腰间发力，从肩后起用力挥下铁锤。然而最初，我左手的食指还是被砸向钢钎的锤子蹭了一下，当时觉得就像骨头碎了一样钻心的痛。此后的很多天，指头受伤处瘀青肿胀，疼痛无比。如此笨拙的我，看到学长、同事们个个技术精湛，心中羡慕得不得了。

用六尺车床加工螺丝，冷却油四溅。先用普通车床切断钢筋，再用铣刀打孔，操作铣床一个一个地进行切削加工。车间里马达声轰鸣。机床切削时，滚烫发红的铁屑四处飞溅，随时有被烫伤的危险。浑身被油渍和汗水浸透，我神经紧绷，一刻不停，全神贯注地操作着。

现在回想起来，当时掌握了的机械加工的基本技术，是什么缘由，说不清楚，总之现在谈起人生的话题时也会起到某种作用。对此表示感谢！

1975年2月8日

难忘的镜子碎片

战败，这对于我来说，是一个巨大的分界线。曾经预想过战败，但问题是不知道何时到来。可是当战败成为现实，却深深地，令人感慨万千。

战争影响到生活的各个方面。人们所有的行为，都与战争有着千丝万缕的关联。对于在昭和三年前后出生的一代人来说，我认为那是一种实实在在的感觉。那场战争在那天［昭和二十年（1945）八月十五日］结束了。以天皇的名义开始，以天皇的名义推进的战争，在玉音放送[1]的声音中终结了。从那天起，

---

[1] 玉音放送：1945年8月15日，日本政府向日本国民播放天皇宣读终结战争诏书录音的有线和无线电广播。——译者注

新的日子，全新的日子即将展开。在这一隐隐的预感中，十七岁的我，在期待和不安中彷徨着。

然而现实中，人们为继续生活下去竭尽全力。一片废墟的城区此时面临的最大问题是粮食状况的日益恶化。四个兄长，战争结束后也难以从外地复员回家，我便担负起了外出购买薯类食物的任务。乘上拥挤不堪的列车前往千叶一带。人们都在争先恐后地寻找粮食。车厢里，不用说，弥漫着战败的空虚感，同时也能感受到庶民身上那股杂草般的韧劲。无论时代怎么变动，拼命要活下去的百姓们的悲欢冷暖，依然是希望犹存的世界。背着一包红薯返程时，身处一片喧嚣纷乱中的我，思考了自己今后的出路。

当时母亲唯一期盼的是自己的孩子早点儿复员回家，尤其对长兄喜一最为担心。因为大哥从中国大陆被调遣到南亚地区之后一直音信全无，万一战死了的话……这样的担心，真是很可怜，根本无法说出口。

把大哥和我的心连在一起的是镜子的碎片。这其实是没有什么特别之处的约一厘米厚的破片。镜子是母亲嫁给父亲时带来的，不知哪一天镜子破碎了。那面镜子的碎片，大哥和我都收藏了起来。大哥带着它出征去了前线。我每次拿出自己收藏的碎镜片，都会想起战场上的大哥。来了空袭的时候，我会把自己珍藏的镜子碎片紧紧地贴在胸口，躲过投下来的燃烧弹。

战争结束后，三哥于昭和二十一年（1946）一月十日，首先复员回来了。接着四哥于当年八月十七日也复员返回，由于严重的营养不良，印象中整个人瘦得像个幽灵似的。一个月后的九月二十日，二哥也回来了。唯独大哥依然杳无音信。不久，迎来了战后的第二年。严冬过去，废墟上的樱花开了。可是，大哥依然没有回来。母亲好几次说，她在梦里见到了。"喜一对我说，放心吧，放心吧。我一定活着回来！说完便走了。"母亲说着这些，看得出是在给自己宽心。

天空飘浮着初夏云彩的五月三十日这一天，区政府的一位上了年纪的人拿着一封信来到了我家。我家于战争结束后不久，就从马达的姨妈家搬到了森崎。新家原本是父亲出租的房子。为了送达一封信，听说区政府费了很多周折。为了躲避空袭，几乎所有人家都是凭投靠亲戚、朋友家而搬来搬去。所以送达信件费时费力，也是不得已的事情。

母亲恭敬地低头行礼之后接过信件，拿在手里之后随即转过身去。母亲的背影令人悲伤。这封书信是战死的函告。据此，昭和二十年一月十一日，终年二十六岁（实际上是二十九岁，可是函告上写成了二十六岁），在缅甸战死，并希望前来领取遗骨。为此一个哥哥去了一趟品川。母亲抱着取回来的大哥遗骨的样子，我不忍直视。自那以后，母亲似乎一下子老了许多。父亲也是哮喘以及心脏病加重，卧床起不来的日子逐渐增多。执拗的父亲，还有一直努力保持着乐观的要强的母亲，在接到长兄战死的噩耗后，一定在背地里放声痛哭了，把心底深处刻骨的悲痛化作了无尽的泪水。

五年之后，我结婚了。镜子的碎片现在仍在我的身边。妻子郑重地把它放入桐木箱里，以此作为缅怀牺牲在缅甸的长兄的念物。许多年后，我在赴佛教发祥地印度的途中，在仰光做了停留，前去拜谒无名战士的墓地，实现了为大哥祈祷冥福的夙愿。战争的残酷与南方晴空万里的湛蓝，深深地烙印在心中。我返回了日本。

1975年2月12日

森崎海岸

"国破山河在，城春草木深。感时花溅泪……"（《杜诗》，铃木虎雄译注，岩波文库）杜甫的这首有名的诗《春望》，突然涌上了心头。可以说这是在仍弥散着硝烟味的战后焦土上度日的十多岁一代青年的实际感受吧。我和朋友时常会漫步在森崎海岸。夜幕降临后的海滩，湿咸的海水味弥漫，微风掠过，轻轻拂面。在皎洁的月光映照下，起伏不断的波浪，银光闪烁。

从快要垮塌的浓密杂草遮蔽的堤岸深处不时传来昆虫的叫声，我和孤独的朋友一起漫步着，探讨哲学，议论文学，还有关于生与死的问题……

交谈中得知家境贫困的他，即将成为基督教的一名信徒。

"前些天，读了内村鉴三先生的《代表性的日本人》（铃木俊朗译，岩波文库），书中说道：'那个十分重要的死的问题……那是所有问题中的问题。涉及死的地方，是不能没有宗教的。'" "嗯，说到死，总之……" "究竟，所谓生命？"

就这样，一直低声地谈论着。可是，我对基督教没有多大兴趣。

第二天，我一个人去散步了。最后停下脚步，在少年时学会了游泳的南埋川的石堤上坐了下来。眺望着阳光下波光粼粼的水面，静静地思考问题，好不惬意。记得小时候，经常像着了魔似的在这里垂钓那些从海里游上来的鲻鱼，还有虾虎鱼。过了一会儿，又走到小时候我们叫作"钓虾川"并常常在这里钓虾、挖蛤蜊的深土岸边看了看。对岸是羽田机场，起降的飞机几乎全部是美国军机……

为生活忙碌而疲惫不堪的人们，总是不断地唉声叹气。大家为了熬过一天又一天的日子而竭尽全力。消沉、焦虑的眼神，放荡不羁的笑声。如何

在这生活方式大变、原有价值观反转、一切在急剧
变动的时代里生活下去，的确是一个难以回答的问
题。战后的荒废和虚脱，催生了连思考力也丧失
殆尽的人。在这样的一个世间，说不准什么缘由，
就会产生某种抵抗情绪。住在我家附近的二十多个
二三十岁的学生、工人、公务员等青年人，聚到一
起，成立了一个读书会。我也加入其中，开始寻求
人生的坐标。

当时，我把平日不多的零花钱积攒起来，下决心
买来了全新的桌椅。这都是拼命地想学点儿什么，想
知道点儿什么这样一种心灵饥渴中萌发的欲望的表现
吧。在森崎的家里，我和四哥同住一个六叠间①的小小
房间，我霸气地摆上了自己的桌椅，无疑侵占了哥哥
的生活领域。

由于战争期间的生产动员造成头脑出现真空
地带，青年们觉得必须通过学习来填补充实。很
多年纪大的人，由于战败的剧烈改变而陷入一种

① 六叠间：叠，日语汉字是畳（Jò），在此作为量词使用。一叠表示
一个榻榻米，尺寸大约是1.62平方米。六叠间就是由六个榻榻米数铺
的和式房间，将近10平方米的面积。——译者注

虚脱状态，但是青年们则在积极地寻求着新的知识。从懂事之日起，就被以天皇为绝对存在的国家主义思想灌输的我们这一代，虽然也清楚先前的一切都化为了虚幻，但变革求新的气概依然如火焰般炽热。

在即将迎来第二个终战纪念日的酷夏一个闷热难耐的夜晚，小学时期的朋友们问我，有一个"关于生命哲学"的读书会，你参加吗？我当时马上想到的是，该不会是强调生命的内在自发性的柏格森（Henri Bergson，1859—1941）的"生命的哲学"吧。详细询问之后，得到的回答是："不是那样的"。于是我产生了兴趣。最后约定，于八月十四日，和读书会的两个朋友一道去听"生命哲学"的研讨。

占领时期的东京，在城南一带仍然是战火焦土的原野上，凌乱不堪的低矮临时简易小屋和防空壕随处可见。入夜，从窗户上逸散出光秃秃灯泡的灯光昏黄微弱。八点多了，我沿着没有灯光的昏暗的街道向前行走。当走进目的地的房屋的玄关后，看到有二十来个人，正在聆听一位声音有些沙哑，但语气坚定的四十来岁的人的演讲。宽宽的额头下面目清秀，度数很高的镜片后面的目光炯炯有神。能感觉到从他那里散发出一片炽热活力形成的气场。听到他充满睿智、纵横捭阖的演讲，我想无论多么灰暗僵硬的头脑都会升腾起激昂向上的力量。

他，就是决定了我的人生命运，后来成为我的人生导师的户田城圣先生。

1975年2月15日

人生的导师

这一天［昭和二十二年（1947）八月十四日］，邂逅了命运中的恩师，从而决定了我的人生方向。这一点，我后来才意识到。不过，当时虽然是初次见面，我还是情不自禁地产生了莫名的亲切感。当讲演过程中提问和解答告一段落后，户田先生微笑着问我："你多大了啊？"他嘴里含着人丹，并抽着烟。当听到我回答说十九岁了，他便说自己也是这么个年纪从故乡北海道第一次来到了东京，话语里带有隐隐的怀念之情。

随后，我开口说"我有想请教您的问题"，便向他提了"什么是正确的人生""什么是真正的爱国者""该怎么看待天皇"三个问题。就此，得到了他简明扼要、朴实真诚的回答。话语里没有一丁点儿含糊，也没有信口开河、卖弄理论。听完后，我的第一感觉是"没错，就是它！"心想，这个人说得真有道理，并觉得这个人值得信赖。那个时期，或许是因为所有的东西都在急剧变化，所以觉得什么都不可信。尽管常常是这样一种心绪，但自己一直在努力寻求着某种希望。

此前，我一直在深深地思索，怎样才能跨越自己心头的重重大山。早先尽管不断反复思考，却没有得到任何结论。为此而长久地陷入苦恼且难以自拔的我，这次与户田先生的相遇，简直就像灰暗沉闷的心里透进明亮阳光的决定性瞬间。他那坚定有力的声音，深深打动了我，我感到有一种说不出来的高兴。

当天，我即兴赋诗一首，以表达心中的感怀：

　路上的人啊

　你来自何方

　又将去往何处

　月已西沉

　日未东升

　黎明前的混沌中

　　追逐着光亮

　　我　将勇敢前行

　　要驱散心中的乌云

　　要找寻傲立狂风的青松

　　我　要从大地涌出

　　夜里近十点，我离开了那间屋子。那是一个蒸笼般闷热的夏夜。欢愉的兴奋和复杂的心境交织在一起，精神紧张又亢奋。对于当时的青年来说，可以说宗教，尤其是佛教的学说是最无缘的存在了。说句实在话，那时我自己并不理解，也接受不了宗教、佛法的说教。然而，听了户田先生的讲演，见识了他的风采，心中响起一个声音"若是这人的话……"便决意迈入信仰的道路。

　　另外据传，户田先生在战争期间一直反对那个愚蛮的战争，尽管受到军部独裁的国家权力的严厉压制，但他意志坚定，没有屈膝变节，结果在昭和十八年（1943）以违反治安维持法及不敬罪遭到检举，被投入了监狱。即便如此，他依然始终坚持了自己的信念。这是他身上难能可贵、最为本质的地方。不屈不挠地承受了两年的狱中生活，并始终与军国主义思想斗争，他的身上具有以信念为生命的人的崇高和光辉。说得极端点儿，当时的我把"是否反对战争并因此而入狱"作为判断一个人可不可信任的重要尺度。（略）

十天后的八月二十四日，星期日，我作为创价学会的一员正式扬帆启航。

自那以后的日子里，我在不断深化与户田先生那次决定命运的会面的内涵意义的同时，决心在有生之年坚决地进行自身的人性革命，并时刻反省检讨自己是否为宗教革命、社会革命贡献了力量。因为这也与自己的绝对说不上健壮的身体有一定关联。但是，我已经渡过了卢比孔河。……因为没有其他的道路。尽管同时常常因佛法的教义和现实的实践之间的摇摆而苦恼不已。

1975年2月16日

日本正学馆

　　与恩师相识后过了一年零四个月的时候，我开始在他经营的出版社——日本正学馆工作。在这之前的很长时间，我一直在独自思考有关今后的人生和佛法。这是因为我常常觉得，在自己未来的人生中如果出现一些感到迷茫、进退不得的情况，而且那时如果要依照佛法的信条度日的话，未来的道路将会面临很多曲折苦难。所以，可以说那是我最后的决断。

　　拥有了信仰的第二年八月间，我参加了夏季讲习会。座谈会在晚上进行，因为时间不合适，就只好想办法挤出时间参加了。座谈会结束后返回时，星光熠熠的夜空下，送学长们前往蒲田站的半个小时的路途中，向他们请教并交流佛法讲义。我所关心的是人的生与死这一思想上的根本性问题。

并不是所有的，我都能够理解接受。但是我的脑海里永远是充满魅力的恩师的身影。入会后，拜见了几次，便越来越被他的强烈的信念感动并折服。能够沿着至今无悔的道路走到今天，完全是承蒙恩师的教导。

昭和二十三年（1948）秋天，当突然被问到，你想不想在户田前会长的出版社工作时，我丝毫没有犹豫，立刻回答说："拜托了！"因为自己当时在蒲田工业会供职，为等一个合适的辞别日子花费了点儿时间。当要离开蒲田工业会的时候，上司和同僚们为我举办了一个简单但情意浓浓的送别会，令人终生难忘。

第一次去正学馆上班，是昭和二十四年（1949）新年，用于庆贺装饰的门松尚未撤去的一月三号。因为户田先生年前嘱咐我"明年来吧"，所以新年一过我就去上班了。我带着盒饭早上八点到了西神田的事务所，可是一个人也没有来。九点以前打扫完卫生后，到了十点，员工还没有来。在做这忙那的时候，来了一封给户田先生的电报。我便拿着这份电报去了他家。前往户田前会长家拜访，这是第一次。

事务所是一座两层建筑。一层是营业等业务部门，在去二层的中间有一个中二层。二层有一个八叠大小的房间和毗邻两个比这小点儿的房间。编辑室是靠里边的小房间。户田先生在那个八叠的房间，与前面的那个房间并起来，就在这里讲授《法华经》。

"松下村塾[1]的时候，讲义室是个很小的八叠间。我们这个房间也不大，但是从这里会不断地涌现出未来的人才。"先生经常这样说。

户田先生在战前经营了一个时习学馆，从事的是出版事业。户田城外[2]著的《推理式指导算数》曾经是一本畅销书。而且战后早早地就取得了函授讲座等方面的成就。由于混乱时期等原因，仅从确保出版物用纸来说就十分困难的状况下，我进入事务所的时候，发行着以妇女为对象的《红宝石》和我参与编辑的少年杂志《冒险少年》两种期刊。

---

[1] 松下村塾：江户时代末期，位于长州荻，是由吉田松阴从叔父那里接手后开办的著名私塾，培养了尊王攘夷运动中的很多志士。——译者注
[2] 户田城圣先生的笔名。——译者注

虽说是编辑部，但工作人员也就是主编和我几个人，外加负责跑腿的学生钟点工。可是需要做的工作，从策划到编辑稿件，委托人画插图，受理、校对等有很多。虽然工作任务繁多，但是我每天都十分快乐，劲头十足地忙个不停。这是因为从少年时代起，我就抱有当报纸记者或杂志记者的理想在此真正得以实现。

还有一点就是，我原本十分喜欢小孩。那敏捷的身体、清澈的眼瞳、活泼的天性，总之，孩子们的一切我都喜欢。年轻时分的热忱和痴迷，让我心无旁骛地立志要做好一份受孩子们欢迎的少年杂志，为此我不知疲倦地奔走着。

然而由于受到大出版社的倾轧，我们的出版物销路很不好。而且当时《少年》和《少女》的发行量比较大。我真切地感到的一点就是宣传力度不够。其实眼下经营相当困难，大家都很清楚。我向户田社长提出了加强宣传的建议，可是最终没有实现。

从《冒险少年》七月号开始，我被任命全面负责编辑工作。从那时起，不论在火车站前、公共车站，还是在街上行走时，我都一直留心观察少年们在读什么书。也去小学门口，问过孩子们都喜欢阅读什么。

即便是这样，销售数量还是没有增长。《红宝石》首先停刊了，《冒险少年》后来改名为《少年日本》。变个心情格调，以求东山再起。这个新刊名，是我起的。

1975年2月17日

早早成婚

　　妻子，作为一个未婚的年轻女性突然出现在我的眼前，是昭和二十六年（1951）的夏天。新潟铁工所的时期，有一位因荏原中学的学徒动员①来到这里劳动的学生，姓白木。后来我知道他家是战前就加入了创价学会的会员。有一次聚会后的返回途中，交谈中他不经意地说到"那是我妹妹"，并向我介绍了他的妹妹。当时，她在东京都中心区域的一家银行工作。认识以后，我和她见面的次数就逐渐多了起来。

---

① 学徒动员：处于对外侵略战争状态下的日本，于昭和十三年（1938）开始，为提高生产力，强制中学以上的学生参加生产劳动的历史事件。日语的"学徒（GAKUTO）"，意为学生或做学问的人。——译者注

　　七月的一天傍晚，我急急忙忙地跑去出席预定在学会会员住宅举行的会议。到了一看，那里只有她一个人。窗外，电闪雷鸣，而房间里，我们二人沉默着，空气好似凝固了一样。

　　也许是二十三岁青春躁动的脑细胞的鬼使神差吧，我在身边随手拿到的一张粗糙的白纸上，写了一小段抒情诗递给她。

　　"我的心，迎着暴风雨，我的心，澎湃激荡……"

　　毫无疑问，当时我完全沉浸于其中。当递过去的纸片就要被打开的瞬间，我急忙伸手阻挡并轻声地说："回头再……"她没有多想，很实在地把纸片装进了自己的坤包。

　　此后，我们之间便开始通信交往。由于我俩的学会活动场所离多摩川很近，就经常会去那里的堤岸上散步。晚霞映红了天边的云，微风中，萌动的心儿爽快清新。由矢口渡驶出的一艘小船正在向对岸驶去。河水在静静地流淌，微波荡漾，时时轻抚着岸边的小草，头顶群归巢的小鸟飞过。夕阳西沉，夜色渐浓。

　　然而，这样的交往并不像游戏那样简单轻松。安德烈·莫洛亚（Andre Maurois，1885—1967）在关于婚姻的告诫中说道："婚姻取得成功的最重要的条件，是在婚约阶段要结为永久关系的意志认真坚定。"（《婚姻、友情、幸福》，河盛好藏译，新潮社）我们二人相互说定，不论遇到多少苦难坎坷，都要互相鼓励，努力跨越。我问她："未来的人生中或许会有生活十分贫困，但必须吃苦耐劳、积极进取的时候，或许也会有我过早离世而抛下了你和孩子的时候，即使是这样，你也愿意吗？"她微笑着回答："愿意！"

　　听说了我们二人内心的想法之后，户田先生开始为我们去做双方父母的工作。夏天过去了，秋天也转眼逝去。入冬后寒冷的一天，户田先生一个人专程来到我家。我当时没有在场。一贯执拗的父亲，虽然是初次相见，但听说还是敬重地接待了走上社会的儿子师从的这位品格高洁的绅士——户田先生。据讲，户田先生请求父亲道："不能把儿子送给我吗？"听说父亲静静地想了一会儿，最后回答："送给您吧。"

　　父亲的这个回答实在出乎意料。因为，我打小时候起，好像有五六家都来说希望把我作为养子。每一次，都被执拗的父亲一句话"这怎么可能！"给回绝了。一定是户田先生的人格，自然而顺畅地赢得了父亲最终爽快的应诺吧。户田先生此时接着对父亲说："其实，有一桩很好的亲事……"父亲回答说："儿子，刚送给您了。怎么办，您看吧。"

此后的一切进行得很顺利。不久，在位于市谷的创价学会原分部所在地附近的一家寿司店的二层，请来双方的父母，举行了一个相亲仪式。双方见面后，话题就一直顺风顺水地进行了下去。因此，与其说是"相亲"，不如说是"双方家长的会面"更准确点儿。执拗先生，也就是我的父亲，感觉似乎对自己儿子未来的"媳妇"很是满意。

昭和二十七年（1952），是战后的第七年，也是那不公允的单独讲和，即旧金山和约生效的年份。五月一日，皇居前广场发生了"流血的五一节事件"，从而引发了社会局势的动荡。两天后，晴空万里的五月三日，正好是一年前户田先生就任会长的日子。在这个很有意义的日子里，我们举行了婚礼。前来的只是双方的至亲，是一个总共不到五十人参加的简约仪式。这时，我二十四岁，妻子刚刚二十岁。

　　恩师的祝词温馨感人："男人必须有能力。让妻子担心的男人，在社会上做不出伟大的事业。同时，我对新娘子有一个希望。那就是，丈夫早上出门时以及晚上回来时，即便自己有再多的不愉快，也请以美丽的笑容送迎。"妻子，至今恪守着恩师那天的教诲。我，衷心感谢！

1975年2月21日

恩师逝去

二月，仍是严冬季节。滴水成冰的二月十一日，是户田先生的诞生日。先生去世十七年了〔此时为昭和五十年（1975）〕，我们家在每年的这一天，都会做红豆米饭等予以纪念。因为，对于我和妻子来说，先生是我们一生的导师。

四月二日，是先生的忌日。昭和三十三年（1958）的这一天，是我终生难忘的历史性一天。身体已经极度虚弱的先生，在富士山麓的静冈地区指导一场可称之为希望青年们把广宣流布（弘扬传播佛法）这一伟业传承下去的典礼活动。四月一日，由富士宫返回东京，便住进了日大医院[1]。二号傍晚，我正在信浓町的原学会本部

---

[1] 日大医院：原作中的医院名称为"日大病院"，即"日本大学病院"的简称。——译者注

主持召开与各部门主要负责人的联席会议。

晚上六点四十五分，我接到了先生的儿子乔久君从医院打来的电话。我肃立着，电话里传出沉静的声音："家父，刚刚去世……"我惊愕不已。那一瞬间，所有的思绪，都无法用言语表达。恩师逝去了……人世间怎么会有这样的悲痛？！是严父，也是慈父，对于我，是一切所有。

"先生，您安息吧！您的确太累了。"面对遗体，我沉痛哀悼。此刻，在我的脑海里，恩师在去世前一天的四月一日一整天的情形，像走马灯似的浮现了出来。

凌晨一点四十分，开始了动身的准备，今天要侍奉先生平安地回到东京。凌晨两点，即将出发。我对卧床的先生说："先生，我们要出发了。我陪着您。"先生说："啊，是吗？眼镜，我的眼镜。"我们用担架把先生抬进了车里，同车还有先生的夫人和陪护的医师。两点二十分，在朦胧的月光下，我们的车辆在寂静的乡村道路上朝着沼津火车站驶去。

三点四十五分，到达沼津火车站。搭乘四点十五分的"出云"号快车。"先生，上车了。放心吧。"听到我的问候，"是吗？"这一轻声回话时的微笑永远清晰地定格在我的眼前。早晨六点四十五分，抵达东京火车站。一夜未曾合眼，直奔日大医院……就这样，迎来了黎明。

恩师仙逝，留给弟子们的是深深的孤寂和悲痛。无疑我们的心头将被无尽的哀伤、空寂和茫然占据。可是我们必须振作，要努力把向新的时代开拓奋进的誓言变为现实。

在去世前的二月，户田先生多次把我叫到他家，亲口对我说"希望你能接替我身后的一切"。于是，从昭和三十三年三月一日起，我开始了在学会本部的常勤，自此不得不开始了实质上的全面指挥。

恩师逝世后的头七，我吟诗一首："恩师仙逝，地涌之子众，吾为之先驱，面迎怒涛，今日也奋进！"这首诗的色纸①，至今摆放在我的家中。回想起来，自昭和二十二年起的十一年间，日日夜夜，一直蒙之鞭策，受其熏陶。恩师的指导历来严格，从来容不得懒惰懦弱。那样的方式如果再延续两三年，说不定我自己也会吃不消。

①色纸：一种用于书写和歌、书画的近乎方形的白色为主的厚纸片。一般有大、小两种规格。通常，大的竖长约19.4厘米，横宽约17厘米；小的竖长约18.2厘米，横宽约16厘米。——译者注

回忆当年，先生一般早晨很早醒来，往往在床上，一个小时、两个小时地沉静在深深的思考中。比如某一天，早上四点就会打电话过来，要我即刻去见他，我便乘上出租车飞速地赶过去。想必他整天都在习惯性地持久沉思吧。

先生喜欢饮酒，所以在忘年会这样的宴会中，有时会把西服里外反穿，鼻子下黏上个紫菜之类的假胡子，反戴帽子，手里拿把笤帚便跳起舞来。众人大喜并连连喝彩。然而，当一过这个场面，完全跟变了个人似的。常常看到的是，他目光坚毅敏锐，独自在沉思着什么的严肃神态。毫无疑问，那一定是不知疲倦地为谋划未来而殚精竭虑。

户田先生和其恩师牧口常三郎首任会长之间因佛法结下的师徒传承关系，是牢不可破的永恒的纽带。先生以实现恩师遗志的坚定决心，勇敢地与权力的恶魔斗争——记忆里，这始于先生在狱中从审判员口中听到牧口会长死在狱中的时候。我虽然远不及先生，但以恩师的死而明志，誓言一定要实现恩师的伟大构想。回顾以往，我，以我心，率先垂范，全力以赴，朝着目标以坚定的步伐奋斗至今。

1975年2月25日

第三任会长

　　"我死后，以后全托付你了！"户田先生的遗言如雷贯耳，一直回响在我的心中。恩师给予我无限的熏陶，这对于我来说，是任何东西都难以替代的无价之宝。我也在不断思索，犹如转动的时针永不停歇，很多日子都是每天持续到很晚。六月，我担任了创价学会的首任总务。接着，为了学会建设的繁重工作任务和快节奏活动，我的每一天都被交织融入了夜以继日的时光轮回之中。总之，为了布教和组织的发展壮大，我开始马不停蹄地奔走于全国。

　　从风雪、月色、绿野的北海道，海浪簇拥中的佐渡，去往充满诗情画意的京都，然后前往从眼前煤矿矸石山就可以感受到现实社会贫困的九州。一路途经丰桥、大津、福井、福知山、岐阜，连续的奔波，如同没有止境的强行军。接着是大阪、名古屋、仙台……一天接着一天，每一天都很重要，一刻也不能松懈。

就这样过了一年，第二年快要结束的时候，发生了对于我来说颇为困惑的事情。我的身边，出现了希望我担任创价学会第三任会长的呼声。对此，我多次予以拒绝。

但是，结果最终还是被这一波接一波的声浪推涌着走了。从昭和三十五年（1960）当时的日记来看，那一期间的情形是这样的："说是因为是全体干部的意向，而且实至名归，所以出现了希望我就任第三任会长的声音。……虽然是有些主观任性，我还是坚决地拒绝了。太累了！"（三月三十日）"在本部，临时理事会开到很晚。接到了以决定推选第三任会长为由的通知。郑重地拒绝了。"（四月九日）"下午……收到了大家强烈希望我就任第三任会长的留言，我表示不接受。"（四月十二日）

到了十四日，终于无法再拒绝了，最终的结局是不得不接受。这天的日记中写道："万事休矣。……不得已，不得已也。"

五月三日，在东京两国的日大①讲堂，我就任了创价学会第三任会长。当会长是一个不情愿，实在不情愿的事情，但是既然就任了，就必须全心全意履行好肩负的职责。但是，自己的身体能支撑多久？这副担子落在当时三十二岁的我的肩上，实在是太重了。

当天夜里，回到大田区小林町的家里时，本以为家里会给蒸点儿红豆饭什么的小小庆贺一下，然而，实际上什么也没有准备。妻子的说法是："从今天起，我们家的主人没了。今天是池田家的葬礼。"说实话，对于妻子和三个孩子来说，五月三日被称作"葬礼"也是不足为怪的。以往每月一次或两月一次，我总会领着妻子去看看电影什么的，以后再也做不到了。虽然觉得晚上回到家里，泡个澡之后，一家团圆共进晚餐是人生一大乐事，但是今后忙这忙那地要做很多工作，再很难有放松享受的机会。三个儿子的教育，也就全拜托妻子了。不过，很幸运，因为看样子他们都在健康茁壮地成长。

———————————

① 日大：日本大学的简称。——译者注

曾经从旅游地京都买了一个小小的工艺品——武士头盔，作为礼物送给了大儿子。此后，每一年重要的传统节日时，那个像玩具一样的头盔都会作为装饰在家里摆起来。就这样，在经常出差不在家的父亲的不知不觉中，孩子们一个个都长大了。

尽管是这样的家庭状况，但孩子们还是十分给父亲面子。有一次大儿子上幼儿园，岳母陪他一起去时，途中问他："在家里，你最喜欢谁？"因为是成天厮守在一起的姥姥和外孙，所以对于岳母来说，也应当是个蛮有自信的提问。谁知大儿子回答"爸爸"。第二个喜欢的呢？"妈妈"，第三个才终于回答是"姥姥"。儿子这样的回答，听说让从早到晚整天疼爱并精心照料外孙们的岳母心里感到好不委屈。

如今，老大和老二已经上大学了，最小的那个正在读高中。尊重孩子们各自的意愿，是作为父亲的我的教育方针，而他们的母亲则是希望孩子们能有平凡而又健康的生活。

去年初，在某一妇女杂志的一月号［昭和四十九年（1974）］上，我发表了一篇题为《寄托孩子们》的短文。在文章的最后，我写道："他们未来也会有相爱的人，会携手步入婚姻殿堂。那个时候，我想告诉他们的一句话就是'对爸爸怎么都可以。但是对你们的妈妈，一定要关心和爱护！'"这是自从我感到"五月三日"是"我家的葬礼"之后，一直想要给总是笑脸盈盈地为我们尽心尽力的妻子表示补偿的心意。

1975年2月26日

培育人才

　　我担任会长的最初阶段，创价学会还远未成为现在这样的社会存在，很多人并不关心，也不知道这个学会的名称，大体上处于只是在各种各样的传言中才可以听到的状况。坐落于信浓町的学会本部的不远处，有如今已是故人的原总理大臣池田勇人的住宅。因为偶尔要去近邻人家行礼问候，所以曾拜访过他家。

　　见到池田勇人先生，他对我说："听说您担任会长。是本町的青年会的会长吗？……啊，好啊！我们都姓池田，所以友好和睦地相处吧。"同姓的池田氏的说法中，并没有太多别的意思，但是这句"青年会的会长"却是一语中的。某种意义上可以说，创价学会的形象就是这样的。而且事实上，正如我在总会就任时的致辞中所讲"虽为弱冠之辈，但从今日起……"的那样，我自己的的确确只是一个年龄刚刚三十岁出头的青年会长。从那时起，十五年过去了，现在（1975）我四十七岁了，但是这一生，自己是青年这一感觉至今没有改变。

在就任会长当天的总会上，我发布了以户田前会长逝世七周年［昭和三十九年（1964）］为第一阶段目标，实现发展成为拥有学会会员达三百万户的团体以及推进宗教界的觉醒运动等方针。我认为最初的两年是决定胜负的关键期。因此，在随后的两年里，与其说我没有时间去坐热那个会长座位，不如说就像没有那个座位一样在忙碌奔波。因为我相信，唯有积极扎实的工作活动才能够使未来道路越走越宽阔。

以关西地区为起点，一直不停地奔波在日本各地。七月飞到美国军政管制下的冲绳。学会推进活动的中心工作是座谈会和宣讲。这两个是创价学会创立以来的传统和实践活动的主要方式。

年轻时阅读的歌德的名言中有这样一句："每走

一步都走向一个终于要达到的目标，这并不够，应该每一步就是一个目标，每一步都自有价值。"〔爱克曼，《与歌德的对话》（上卷），神保光太郎译，角川文库〕那时候，确实是每一天都必须以这样的步伐奔走。两年半后的昭和三十七年（1962）十一月，实现了会员增长到三百五十万户的目标。看到向全国规模扩展已经显示出毫无疑问的上扬趋势后，我开始实施下一个步骤：培育青年人才。因为我深知这样一个道理，即如果不培养后继人才，就不会有持久的发展。

我一直十分崇拜的画家东山魁夷先生说过："当我面对一张白纸时，那不是纸，而是一面镜子。那里映照着我的心。作画，就是把心灵的映像附着于纸上的行为。"（写真集《东山魁夷的世界》，集英社）这的确是让人能够从中体会到先生心境的意味深长的话语。与青年以及少男少女们对话时，的确感受到似乎是面对着洁白无瑕的生命的画布，他们都是映照自己心灵的一面面镜子。

我一直保持着与肩负未来时代的年轻人的对话。昭和三十七年的夏天，开始向成立五年的学生部的代表们举办"御义口传讲义"就是这种对话之一。《御义口传》是讲述日莲大圣人的佛法精髓的御书，是大圣人从自己的角度讲授《法华经》的字字句句，经弟子日兴上人笔录下来的一本书。（略）

当这一举措步入正轨后，便开始了下一个布局，接着再确定下一个布局，当时我的目光主要聚集于少年的身上。昭和三十九年六月，成立高中部和初中部。昭和四十年（1965）九月成立了少年部，并在其中设立了凤雏会、未来会等人才培训组，开始共同思考和探讨为了20世纪所剩的四分之一世纪，以及如何生活于即将到来的21世纪等话题。

近邻的很小的孩子有时会到我家来玩。他们"入侵"私宅后，会径直走到厨房的冰箱前，把里面的"宝物"掠去。在学会的本部，有时也会有我的幼小的朋友来访。他们自由地活动，偶尔会有些不得体的举动。父母要训斥教育他们时，我便摆摆手"没事儿，没事儿"，阻止想要教训孩子的父母亲。这些未来时代的使者，我期望他们能够自由奔放地成长。但是，同时希望他们摔倒后能够自己独立地站起，因为我想培育他们拥有不依赖他人的自立心。

有一天，和驻日英国大使交谈时，听到了一段至今难忘的话语。大使对我说，每天晚上睡觉前，他会把那一天的事情，对自己的小孩，不管他懂还是不懂，都一个个地讲给他听。这种在认同孩子也具有一个大人的人格之上确立的父子对话，让我想了很多，给予了我很多启示。

1975年2月27日

本书主要从以下图书中节选，并进行若干增删、订正之后编写而成。

【Ⅰ—Ⅲ　赠言】《新·人间革命》《青春对话》《希望对话》《ふるさとの光》《地域の旭日》《青年の大地》《明日をみつめて》《"平和の文化"の輝く世紀へ！》《美しき生命　地球と生きる》《ジャズと仏法、そして人生を語る》《生命と仏法を語る》《二十一世紀の平和と宗教を語る》《法華経　方便品·寿量品講義》《法華経の智慧》《栄光の朝》《平和の城》《出発の光》《勝利の光》《希望の大道》《師弟の宝冠》《御書と青年》《新·女性抄》《人生抄》《ハッピーロード》《勝利への指針》

【Ⅳ　对未来的建言】《珍视他人之心》（节选于《一人の行動が世界を変える》，见《青年の大地》，鳳書院刊），《让压力社会变得清爽》（节选于《ストレス社会を生きぬく》，见《明日をみつ

めて》，ジャパンタイムズ刊），《女性的声音推动
时代进步》（节选于《時代を動かす女性の声》，
见《明日をみつめて》，ジャパンタイムズ刊），
《艺术创造未来》（节选于《"芸術"の力——人間
精神の大いなる滋養，见《ふるさとの光》，鳳書院
刊），《废除核武器》（节选于《核兵器の廃絶への
誓い》，见《明日をみつめて》，ジャパンタイムズ
刊），《贫困是人权问题》（节选于《貧困は最大の
人権問題》，见《明日をみつめて》，ジャパンタイ
ムズ刊），《以青年的力量促使联合国的改革》（节
选于《青年の力で国連の改革を》，见《地域の旭
日》，鳳書院刊）

　　【Ⅴ　我的青年时代】《我的履历书》（见《池
田大作全集22》，聖教新聞社刊）